KAI
TOY PUDDLE
3 YEARS OLD

SUCH AN ATTRACTIVE
FIGURED BOY WHO GOES
TO OFFICE TO MEET SECTION
CHIEF MISS LEE

YOUFU
MIX BREED
8 YEARS OLD

TAKING A WALK IS THE
WORST THING BECAUSE
I'M A HOMEBODY.

MV
ITALIAN GREYHOUND
8 YEARS OLD
I'M MORE THAN JUST
A PET. THAT SHARED
FAMILY HISTORY.

JOY
PUDDLE
16 MONTHS OLD

I AM AN ENERGIZER
THAT NEVER GETS TIRED
BECAUSE I'M A CAPITAL
E TYPE

CHOCO
TOY PUDDLE
5 YEARS OLD

STICK MOMS
INTERACT
JUST LIKE NAVI

BUTTER
SHIBA INU
11 YEARS OLD

I AM THE ONE WHO
MADE MOMMY GROW

MOMMY, CAN'T TAKE
EYES OFF YOU.
I ONLY HAVE EYES
FOR YOU

TOFU
ITALIAN GREYHOUND
11 YEARS OLD

UGLY DUCKLING? NOPE!
THE PRETTIEST GRANDPA
PUPPY IN THE WORLD

DONG-GEUL-E

MALTESE

ÉTOILE
JACK RUSSEL TERRIER

15 YEARS OLD
I'M THE OLDEST DOG
THAT LIVES IN
NEVERLAND LIKE PETER PAN

JIJI
TOY PUDDLE
2 AND A HALF YEARS OLD
I'M A PROFESSIONAL TRAVEL
DOG. I HAVE MORE THAN
12 FLIGHT EXPERIENCES.

BENHO
SHIBA INU
8 YEARS OLD

I LIKE TO BE ALONE
I ENJOY SOLITUDE
I'M GOOD BY MYSELF

ROSÉ
SPITZ MIX
ABOUT 5 YEARS OLD

I BECAME A HAPPY DAUGHTER
FROM AN ABANDONDED
DOG. I'M THE HAPPIEST DOG

DOOCHIC
MINIATURE
SCHNAUZER
8 YEARS OLD
I AM A PROFESSIONAL
OFFICE DOG
I GO TO WORK EVERY DAY

CAN I PLEASE HAVE
SOME SNACKS?
SNACKS ARE THE
BEST THING EVER

DOONY
COTON DE TULER
4 YEARS OLD

KAI
TOY PUDDLE
3 YEARS OLD

SUCH AN ATTRACTIVE
FIGURED BOY WHO GOES
TO OFFICE TO MEET SECTION
CHIEF MISS LEE

YOUFU
MIX BREED
8 YEARS OLD

TAKING A WALK IS THE
WORST THING. BECAUSE
I'M A HOMEBODY.

MV
ITALIAN GREYHOUND
8 YEARS OLD
I'M MORE THAN JUST
A PET. THAT SHARED
FAMILY HISTORY

CHOCO
TOY PUDDLE
5 YEARS OLD

I ALWAYS STICK MOMS
BODY AND INTERACT
WITH HER JUST LIKE NAVI

JOY
PUDDLE
16 MONTHS OLD

I AM AN ENERGIZER
THAT NEVER GETS TIRED
BECAUSE I'M A CAPITAL
E TYPE

JOSEPH
BICHON FRISE
5 YEARS OLD

WHEN I MEET SOMEONE
FOR THE FIRST TIME,
THAT PERSON BECOMES
MY IDEL TYPE

UGLY DUCKLING? NOPE!
THE PRETTIEST GRANDPA
PUPPY IN THE WORLD

DONG-GEUL-E

MALIESE

BUTTER
SHIBA INU
17 YEARS OLD

I AM THE ONE WHO
MADE MOMMY GROW

MOMMY, CAN'T TAKE
EYES OFF YOU.
I ONLY HAVE EYES
FOR YOU

TOFU
ITALIAN GREYHOUND
11 YEARS OLD

ÉTOILE
JACK RUSSEL TERRIER

15 YEARS OLD
I'M THE OLDEST DOG
THAT LIVES IN
NEVERLAND LIKE PETERPAN

JIJI
TOY PUDDLE
2 AND A HALF YEARS OLD
I'M A PROFFESIANL TRAVEL
DOG I HAVE MORE THAN
12 FLIGHT EXPERIENCES.

BENHD
SHIBA INU
8 YEARS OLD

I LIKE TO BE ALONE
I ENJOY SOLITUDE
I'M GOOD BY MYSELF

CAN I PLEASE HAVE
SOME SNACKS?
SNACKS ARE THE
BEST THING EVER

ROSÉ
SPITZ MIX
ABOUT 5 YEARS OLD

I BECAME A HAPPY DAUGHTER
FROM AN ABANDONDED
DOG. I'M THE HAPPIEST DOG

DOOCHIC
MINIATURE
SCHNAUZER
8 YEARS OLD
I AM A PROFESSIONAL
OFFICE DOG.
I GO TO WORK EVERYDAY

DOONY
COTON DE TULER
4 YEARS OLD

멍멍이를 키우며 겪는 희로애락
명랑하고 다채로운 견생 스토리
사랑받기 위해 태어난 강아지가
전부 사랑받기를 바라는 이야기

강아지 애칭에 담긴 희로애락의 순간들

멍멍사전

글·그림 지모

애 哀

PART 2 하늘 아래 같은 강아지는 없다!

외동인 딸은 외로움을 많이 탔고, 6살 때부터 언니나 오빠를 낳아 달라고, 그럴 수 없으면 강아지 동생을 데려오자고 나에게 애절하게 호소했었다. 나 역시 반려견을 키우고 싶었지만 처음 강아지를 데려올 때는 많은 고민이 되었다. 소중한 생명을 책임지고 키워야 하는데, '아이를 하나 더 낳는 게 낫지 않을까?' 하고 말이다.

이 문제를 진지하게 고민하던 나에게 "야야~ 강아지는 공부를 안 시켜도 되지만, 아이를 낳으면 또 공부를 시켜야 되잖아!"라는 친한 언니의 말에 고민을 접게 되었다.

'인간 둘째'를 키우는 것보다 '강아지 둘째'가 훨씬 수월할 거라는 호기로운 생각으로 대신 강아지를 데려오게 되었다. 그러나 막상 강아지를 키우다 보니, 강아지를 키우는 것은 육아를 하는 것과 다를 바가 없다는 걸 알게 되었다.

다섯 살 미니 비숑인 우리 집 둘째의 이름은 '코코'. 내가 '코코 샤넬'에서 따 와 지어준 이름이다.

나중에 알았지만, '코코'는 강아지 이름 중 1위에 달하는 아주 흔한 이름이었다. 어딜 가나 '코코'를 부르는 주인들의 목소리가 들려온다. 너무 흔해서 예전으로 치면 '바둑이' 같은 느낌이다.

하지만 정작 부를 땐 '코코'라는 본명보다 다양한 애칭으로 부르게 된다. 귀엽고 소중하고 사랑스럽지만 때론 어이없고 황당하고 신기한 이 생명체를 부르는 다양한 애칭들 말이다.

대부분 사랑이 충만한 애칭들이지만, 내가 반려견 코코를 키우며 겪게 된 '희로애락喜怒哀樂'의 다양한 의미가 모두 담겨 있다.

딸을 임신했을 땐 임산부만 눈에 들어오고, 딸아이가 초등학생이 되었을 땐 초등학생만 눈에 들어왔던 것처럼, 요즘에는 코코에게 큰 애정과 사랑을 쏟다 보니 자연스럽게 다른 강아지들에게도 눈길이 가기 시작했다. 나아가 유기견에게도 관심이 가기 시작했다.

친구들이나 지인 중에서도 강아지를 키우는 사람들과는 '개어멈'이라는 공통 관심사로 더욱 가까워졌고, SNS를 통해 견주들과 소통하며 다양한 개들의 일상을 살펴보게 되었다. 사람 육아를 할 때와 마찬가지로, 개 육아를 하며 생기는 공감 또한 끝이 없었다.

습관이나 행동이 코코와 똑같은 아이들도 있고, 전혀 다른 아이들도 있었다. 천차만별의 환경과 성격을 가진 세상의 다양한 강아지들을 보니 '개'라는 동물에 대한 더 깊은 관심과 궁금증이 생겼다.

문득 나의 반려견 코코를 부르는 애칭에 대한 스토리 그리고 나아가 다양한 반려견들의 스토리를 기록해보고자 하는 생각이 들었다. 견주와 반려견들의 끈끈하고 애정 넘치는 다양한 이야기를 통해 '개'가 얼마나 사람에게 소중하고 위대한 존재인지 일깨워주고 싶었다.

요즘에는 애견인의 올바른 자세, 갖추어야 할 덕목에서 나아가 펫숍과 개 공장 등 여러 부작용으로 인해 유기견 입양의 필요성이 강조되고 권유되고 있다.

그럼, 나는 왜 유기견을 입양하지 않았을까?

'한 번 상처를 받았는데, 혹시나 나의 부족함으로 또 상처를 받게 될까 봐서'였다.

처음 데려왔던 반려견을 어이없게 하늘나라에 보내고 어렵게 다시 들였던 반려견이라서, 유기견을 입양하는 것에 대해 막연한 두려움이 있었던 게 사실이다. 반려견을 데려올 때 많은 부족함이 있었던 것 같다.

내가 이 책에서 말하고 싶은 건 '사지 말고 입양하자'의 권유가 아니다. 개를 키운다는 건 대단한 일이 아니라, '그저 한 생명을 책임지고 사랑하며 아이의 평생을 함께하겠다'는 마음이 무엇보다 중요하다. 최선을 다해 애정을 쏟다 보면, 말 그대로 '애견인'으로 성장할 수 있다는 이야기이다.

이 책에 담겨 있는 다양한 스토리를 통해 '개'라는 동물에 대한 더 깊은 이해와 관심을 가질 수 있기를 소망한다.

1
PART

비숑 딸 코코와 희로애락

다양한 애칭 속에 담긴
작고 사랑스러운 존재에 대한 이야기

희
喜

강아지를 키우며 겪는 기쁨은 이루 말할 수 없다.
바라보는 것만으로도 웃음이 나거나
'나'를 절대적으로 믿고 의지하는 데에서 오는
표현할 수 없는 충만함. 그 안에서 생겨난 애칭들.

우리 비숑이
소중한 우리 집 막내

옆에서 쌕쌕거리며 곤히 자는 코코를 보면 문득 이 아이와 닿은 인연이 참 신기하다는 생각이 든다. 이 세상의 수많은 강아지 중 어떻게 딱 코코와 가족이 되어, 끊임 없이 교감을 나누며 매일 눈 떠서 잠들 때까지 내내 귀여움을 담당하고 있나 싶다.

소심하고 겁 많고 독립적이지만 의존적이며, 성격은 고양이 같고, 대부분 천사 같지만 때론 악마견이 되는, 선천적으로 슬개골이 약하고 입은 부정교합인, '미니 비숑'이지만 절대 미니 사이즈가 아니며 나를, 아니 먹는 걸 세상에서 제일 좋아하는 세상 어디에도 없는 유일무이한 '우리 비숑이' 코코.

강아지 종을 나타내는 대명사 '비숑'에서 '우리'가 붙는 순간, 고유명사 '우리 비숑이'가 된다. 눈이 마주치면 웃음이 나고, 몸이 닿으면 마음이 따뜻해지고, 특별한 걸 하지 않아도 존재 자체로 큰 힘이 되어주는 존재. '가족'이라는 말 외에는 달리 표현할 단어가 없다. 이런 마음은 강아지를 키우는 대부분의 사람들도 공감하기에 '애완견'에서 '반려견'으로 개념이 바뀐 게 아닐까?

단순히 귀여워하거나 예뻐만 하며 즐기는 대상이 아닌, 인생을 늘 함께하는, 절대 뗄 수 없는 동반자가 된 우리 비숑이. 나의 삶 속에 묵직하게 들어와 이제는 코코가 없던 날이 있었나 싶다.

코코로 인해 나의 하루는 더 바빠지고 신경 쓸 게 많아진 건 분명하다. 하지만 그렇기 때문에 나의 하루는 더 다채로워졌고 사랑으로 충만해졌다. 언젠가 동생이 자신의 반려견 '초코'가 돌연변이로, 수명이 사람처럼 길어서 평생을 함께 하다가 한날 한시에 하늘나라에 갔으면 좋겠다고 했는데, 나 또한 그 말에 격하게 공감했다.

우리 비숑이가 돌연변이라서 수명이 사람처럼 길어져서 평생을 함께하다가 나와 한날한시에 하늘나라에 갔으면 좋겠다.

대걸레 씨

날것의 느낌이 잘 어울리는 비숑계의 기안84

나 : 쟌아, 코코 그거 같지 않아? 그거!

딸 : 뭐?

나 : 대걸레.

딸 : ㅋㅋㅋㅋㅋ 엄마 애한테 대걸레가 뭐야~.

나 : 왜 귀엽잖아. 우리 대걸레 씨~.

코코한테는 좀 미안하지만, 난 빗질을 잘 안해서 머리가 엉키고 헝클어져 있는 모습일 때의 코코가 좋다. 똑 떨어지는 동그라미로 보이는 비숑 특유의 '하이바' 컷이나 귀가 툭 튀어나오게 한 '귀툭튀' 컷을 한 비숑이들도 너무 귀엽지만, 대걸레 같이 헝클어진 스타일이 딱 내 취향이다.

덕분에(?) 365일 중 360일은 꼬질한 모습으로 사는 우리 코코. 어렸을 때는 목욕도 자주 시키고, 빗질도 자주 해줬는데 언젠가 너무 심하게 몸을 긁길래, 병원을 데리고 갔더니 피부가 건조해서 그렇다며 목욕을 너무 자주 시키지 말라고 했다.

사실 강아지의 목욕 주기가 짧은 건 사람이 그 더러움을 참지

□ 하이바

얼굴전체가 헬멧을 쓴 것 같이
동글동글한 모양의 컷

□ 귀톡튀

귀가 톡 튀어 나와 헤드폰을
끼고 있는 듯한 모양의 컷

못해 자주 시키는 것이지, 연약한 강아지의 피부를 생각한다면 6개월까지 목욕을 하지 않아도 괜찮다고 했다. 그 이후로 '냄새가 날지언정 너무 자주 씻기지는 말자'주의가 되었다. 사람이 이렇게 오래 안 씻으면 더럽다고, 냄새 난다고 했겠지만 오히려 '대걸레씨'는 꼬질한 그 모습이 참으로 매력적이다.

겁이 많은 코코 같은 아이들은, 미용실에 가서 낯선 환경에서 낯선 사람에게 미용을 받는 것이 엄청난 스트레스를 동반한다는 이야기를 듣고 아기 때부터 집에서 셀프 미용을 해줬다. 똥 손인 내가 누군가의 머리를 손질해주는 것은 상상할 수도 없는 일이라 남편이 코코의 미용을 담당하고 있다.

투박한 비전문가의 손길 때문인 걸까? 빗질을 자주 안 해주기 때문인 걸까? 아니면 목욕을 자주 안 해서 그런 걸까? 야생에서

나고 자란 것 같은 내추럴한 모습이 마치 비숑계의 기안84 같다. "예쁜 애 제발 빗질 좀 해줘"라는 이야기를 자주 듣지만, 오히려 난 헝클어진 머리를 더 헝클어트리곤 한다. 오랜만에 목욕을 해, 깨끗해진 모습을 보고 딸이 웃으며 말한다.

"엄마, 코코 깨끗하게 빤 대걸레 같아."

"씻어도 대걸레는 벗어날 수가 없네?"

애한테 대걸레가 뭐냐고 핀잔을 주던 딸도 코코의 대걸레 같은 모습을 인정했다. 포슬포슬 투박한 털이 대걸레 같은 코코를 보면 피식하고 웃음이 난다.

☑ 꼬질이

얼굴전체가 꼬질꼬질하며
대걸레 같기도 한 것

음~
빈그릇도
맛있어

바강이
내겐 너무 모자란 그녀

'바강이'는 '바보 강아지'를 줄여 부르는 애칭이다. 코코는 겁이 많아서인지 대부분 짠하고 애처로운 모습을 보이는데, '바강이'일 때는 겁이 나서 하는 행동들과는 좀 다른 결이다. 뭐랄까. 어딘가 2% 모자라 보일 때의 모습이다.

좋게 표현하자면, 댕청미(댕댕이의 멍청한 미)가 있다고 해야 하나? 간식을 던져줘도 바로 코앞에 있는 걸 못 찾고 고개만 갸우뚱거릴 때 같은 경우? 후각에 민감한 '개'인데 어떻게 냄새도 제대로 못 맡나 싶을 정도로 멍청해 보인다.

어! 금방 어디갔지?

인형 놀이를 해 달라고 신나게 인형을 물어 와 한번 던져주면 그 인형을 물고 도망 다닌다. 다시 가져 오라고 목이 터져라 외쳐도 뻗은 손을 뿌리치며 인형을 물고 도망간다. 혹시 내가 쫓아가길 바라나 싶어 쫓아가서 물고 있는 인형을 빼앗아 던지면, 호다닥 도망을 가버린다. 절대 주고받기가 안 되는 이상한 인형 놀이다.

텅 빈 밥그릇을 설거지라도 하듯 하염없이 핥을 때에는 안쓰러우면서도 안타깝다. 동영상이나 TV에서 벨 누르는 소리가 나면 우리 집 현관문 벨 소리인 줄 착각하고 멍멍 짖으며 달려 나간다. 누가 왔으니 빨리 문을 열라고 말이다.

"우리 집 아니야~ 이 바강이야~"라고 진정을 시켜도 한참을 짖어댄다. '너무 똑똑하면 그게 사람이지 개냐?' 싶기도 하지만, 바강이 모드의 코코는 좀 안타깝게 느껴지기도 한다.

인형 어디 있게~
던져줘 엄마~

알라뽕 씨
작지만 큰 사랑을 주는 존재

'알러뷰 이쁜 씨'를 계속 부르다 보니 '알라뽕 씨'로 줄여 부르게
되었다. 외출했다 돌아오면, 자기가 가진 모든 텐션을 다 끌어올려
미친 듯 달려들어 나를 반겨줄 때 부르는 애칭이다. 하물며 재활용
쓰레기를 버리러 아주 잠깐 나갔다 와도 몇 일 만에 만난 것처럼
달려들어 뽀뽀를 해주며 반갑다고 인사를 하는 모습을 볼 때면,
나를 이렇게까지 반가워해주는 이런 존재가 또 있을까 싶다.

　강아지의 시간은 사람의 시간과는 다르게 너무 빠르게 흘러서,
사람의 '하루'가 강아지에게는 '일주일'과 같다고 한다. 그래서 잠깐
나갔다 들어와도 그렇게 격하게 반가워하는 거라고 한다.

　내가 분리수거를 하는 단 10분의 시간이, 코코에게는 1시간
의 기다림이며 내가 외출한 몇 시간이 코코에게는 하루의 기다림
이라니. 언제 돌아올지 모르는 나를 기다리는 코코가 감당했을
시간을 생각하니 그 마음을 감히 헤아릴 수가 없다.

　저녁 약속이 있거나, 늦은 시간 집에 들어오면 자다가도 벌떡
일어나 내 가슴팍으로 뛰어 들어 폭하고 안긴다.

　그럴 때는 모든 근심과 잡념이 촤르르 녹아 내린다.

너무나 큰 위로를
주는 존재

얼마전에도 그랬다. 어릴 때 아빠가 군의관 복무로 인해 마산에 내려 가 살게 되어 동생과 엄마 아빠는 마산에서, 나는 할머니와 서울에서 3년 간 단 둘이 살았던 때가 있었다.

나에게 누구보다 각별한 존재였던 할머니. 나에게 엄마와도 같은 존재였던 할머니가 갑자기 돌아가셨던 날, 늦은 밤 황급히 병원에 갔다가 동이 틀 때쯤이 되어서야 집에 들어왔던 날. 겪고 싶지 않았던 슬픔과 황망함에 가슴속이 새까맣게 타들어가는 것 같은 마음으로 집에 들어섰는데, 내가 들어오는 소리를 듣자마자 잠이 덜 깨 눈도 잘못 뜬 상태로 호다닥 달려 나와 가슴팍으로 뛰어 들어 폭 안기며 격하게 꼬리를 흔들며 반겨주던 코코.

그 덕분에 '풋'하고 나도 모르게 웃음이 터져나왔다. 그때 내 품 안에서 전해지던 코코의 심장 소리에 심란하게 요동치던 마음이 마사지하듯 풀어졌다. 따스하게 전해지던 코코의 체온은 꽁꽁 얼었던 내 몸과 마음을 녹여줬다.

작은 몸으로 언제나 큰 위로를, 크고 묵직한 사랑을 주는 존재. 힘겨운 하루의 끝에서 늘 나의 위로가 되어 주는 고마운 나의 알라뽕 씨.

품 안에서
너의 심장소리에

마사지하듯
따스하게
너의 체온이
내 몸을

전해지던
내 마음이

풀어졌고,
전해지던
꽁꽁 얼었던
녹여줬어
졌

"오구오구"
부정교합이라
더 귀여워

부정교합!
너만의 특별함

부정교합쭈 개귀쭈
부정교합이라 더 귀엽고 특별해

코코는 겉으로는 멀쩡해 보여도, 아랫니가 윗니보다 더 튀어나와 있는 부정교합이다. 처음 데려오고 3일째 되던 날 우연히 알게 되었다. 혹시 건강에 이상이 있을까 염려되어 병원에 데리고 갔다. 수의사 선생님은 부정교합이 심하지 않아, 건강상으로는 문제가 없을 것 같다고 걱정 말라고 하셨다.

그래도 걱정이 되어 '부정교합 강아지'를 검색해 보니 '부정교합'이라서 파양되는 강아지도 많다는 사실에 놀라웠다. 나는 사실, 코코가 부정교합인 게 너무 좋았기 때문이다. 똑같이 생긴 수많은 비숑 사이에서도 금방 찾을 수 있는 코코만의 특별함이 될 수 있으니 말이다. 나를 올려다 볼 때 보이는 좁쌀 같은 아랫니가 그렇게 하찮고 귀여울 수가 없다. 부정교합이어야만 볼 수 있는 아랫니 좁쌀들 아닌가?

평소엔 털에 가려져 잘 보이지 않지만, 어쩌다 보이는 코코의 부정교합의 주둥이를 볼 때면 나도 모르게 양손으로 주둥이 털을 잡아 내리고 있다. 더 자세히, 더 잘 보려고 말이다.

솜사탕 씨
포실포실 몽실몽실 커다란 솜사탕~

"대걸레 씨가 솜사탕 씨로 거듭났어요!"

대부분 대걸레 같은 모습으로 지내는 코코이지만, 가끔 목욕을 하고 빗질을 하면 포실포실 몽실몽실한 솜사탕 같은 모습으로 탈바꿈한다. 이때의 모습은 일반적으로 떠올리는 딱 '비숑'의 모습이다. 동그란 헬멧이 포실포실 몽실몽실한 솜사탕 같아서 달콤한 냄새가 나는 것만 같다.

'후후 불면 구멍이 생기는 커다란 솜사탕~'이라는 노래 가사처럼 바람이 불면 부는 대로 푹 파인 구멍이 생기는 솜사탕 씨의 하이바.

"코코야, 엄마보다 네 머리가 큰 것 같아!"

"코코야, 언니 머리 크기의 2배는 되는 거 실화니?"

그렇다. 코코의 머리는 사실 작은데, 갓 나온 솜사탕처럼 머리털이 뻥하고 부풀어 있어서, 대부분의 사람들이 코코 머리가 마치 헬멧을 쓴 것처럼 크다고 놀려댄다.

대부분 놀림의 대상이 되는 코코의 '솜사탕 헬멧'이지만 득을 볼 때도 있다.

포실포실 몽실몽실
솜사탕 같은
우리 비퐁이

산책을 시키고 있는데, 맞은편에서 걸어오던 개가 어이 없게도 오프리쉬로 산책을 하고 있었다.

'왜 끈을 풀고 산책을 할까'라는 생각을 하는 순간 그 강아지가 급발진을 해 코코에게 달려들어 머리를 물었다. 너무 순식간이라 놀라서 소리를 지르며 코코의 리드줄을 위로 들어 올려, 줄에 매달린 코코를 품에 안으며 그 개에게서 떼어낸 후, 다친 곳이 없나 걱정을 했는데 정작 코코는 '무슨 일 있었어?'라는 '코코둥절'한 표정인 거다.

천천히 하이바를 걷으며 속살을 체크했는데 다행히 아무 상처도 부상도 없었다. '하이바견'답게 왕만한 그녀의 '하이바'가 가드 역할을 제대로 해주며 완벽한 방어가 되었던 것이었다! 너무 철렁했지만 다행인 순간이었다.

　요즘 오프리쉬 강아지들 때문에 사건사고가 끊이지 않던데, 매너 문제를 떠나 강아지를 키우는 데 있어 너무나 기본적인 걸 왜 지키지 않는지 이해가 되지를 않는다.

　마음 같아서는 당장 신고하고 싶었지만, 너무 당황스럽고 놀란 가슴을 진정시키느라 상대방 견주에게 제대로 따지지도 못한 내 자신이 후회스럽다.

　큰 하이바로 놀림을 당하면 어떠리! 보호도 되면서 귀여움까지 담당하는 코코의 솜사탕 하이바는 비숑들의 가장 큰 특징이자 아이덴티티인 것을!

너무
못생겼는데
너무
예뻐

꾜야 ㄴ 얼굴에 김 붙었다 엄마어디에?
나 김 안 먹었는데! 못 생김・・・・・・・・・・

못생김

못난이
못생겼는데, 너무 예뻐!
귀여운데, 너무 못생겼어!

나 : 아우 못생겼어~ 너~무 못생겼는데 너무 예뻐~

딸 : ㅋㅋㅋㅋㅋㅋ엄마는 왜 애한테 자꾸 못생겼다고 해?

나 : 너도 폰 사진첩에 코코 예쁜 사진보다 못생긴 사진이 더 많잖아.

딸 : 맞아. 못생겼는데 너무 예뻐!

그렇다. 너무 못생긴 그 모습마저 너무 사랑스럽고 소중하다는 의미이다. 강아지를 키워보지 않은 사람들은 '못생겼는데, 너무 예쁘다'가 도대체 무슨 의미인지, 너무 귀엽고 예쁜데, 왜 '못난이'라고 부르는지 절대 이해 못할 것이다.

곱슬곱슬 실험 망한 박사 같은 동그란 머리와 팔랑팔랑거리는 하찮은 수제비 귀, 조용히 나를 바라보며 굴리는 흐리멍텅한 눈, 신날 때마다 들어올리는 뚠뚠한 엉덩이, 너무 못생긴 작고 귀여운 행복들이 나의 일상 속 내 옆에 딱 붙어 있어, 언제나 나를 웃게 해준다.

예쁜 씨
가장 무서운 건, 너의 얼굴 공격!

간식을 얻어 먹고 나면 입 싹 씻고 도망 가는 모습이 얄미워도, 놀아줄 시간이 없을 정도로 바쁠 때에도, 아래층 강아지가 짖기 시작하면 질세라 같이 짖기 시작해 혼내다가도, 훅하고 들이미는 얼굴 공격에는 백전백패이다. 당최 이겨낼 수가 없다. 가족들이 밥을 먹고 있을 때, 식탁 밑에서 틈을 노리며 뚫어져라 부담스럽게 나를 쳐다보다가, 눈이 마주치는 그 찰나의 순간을 놓치지 않고 다리 사이로 얼굴을 훅-하고 들이민다.

　그때 코코의 얼굴에서 〈슈렉〉의 '장화 신은 고양이'의 전매 특허인 '다 꼬셔 버리겠어' 그 눈빛이 발사되기 시작한다.

반짝이는 그 눈빛을
무시할 수가
없어

간식줄거지?

간절하고 반짝이는 눈과 마주치는 순간, 홀린 듯 먹을 것을 주고 있는 나를 발견한다. 똘망똘망하고 빛나는 까만 보석 같은 눈동자로 나를 가만~히 올려다 볼 때마다 무장해제된다. 까만 눈동자에 홀린 듯 모든 행동을 멈추고 "우리 예쁜 씨는 왜 이렇게 예뻐"라며 뽀뽀를 시작한다. 이렇게 난, 예쁜 씨의 얼굴 공격에는 늘 뽀뽀 공격으로 대응한다.

껌딱지 씨

껌딱지처럼 내 옆에 딱 붙어 있는 애

엄마옆이
제일좋아

엄마도
좋아

혼자만의 시간을 즐기고 싶을 때에는 아무리 불러도 절대 오지 않는 아이지만, 내 옆에서 몸을 꼭 붙이고 있거나, 내 무릎 위에만 누워 있으며 껌딱지처럼 찰싹 붙어 떨어지지 않을 때가 있다. 이럴 때 내가 화장실이라도 가면 벌떡 일어나 호다닥 따라와서 나올 때까지 화장실 앞에 누워 기다린다. 심할 땐 화장실 안까지 쫓아 들어와 안아 달라고 하는 통에 코코를 안고 볼일을 보기도 한다.

함께 외출을 하면 나에 대한 집착은 더 심해진다. 내려 놓음과 동시에 폴짝 뛰어 올라 무릎에 앉고 옆으로 앉혀 놓음과 동시에 내 무릎으로 옮겨 와 앉는다. 마치 자석이 붙어 있는 것처럼 말이다. 내 품에 안겨 있어야 마음이 놓이는 걸까?

산책하며 놀아주는 친구이자, 밥 주고 씻겨주는 엄마이자, 아프거나 무서울 때 지켜주는 보호자인 내가 코코에게는 절대적인 존재일 수밖에 없을 것이다. 온전히 나에게 의지하고 그만큼 사랑해주는 건 너무 고맙지만 한편으로는 코코의 세상이 너무 좁고 제한적일 것 같아서 안타까운 생각도 든다.

화장실까지
따라오나져?

포켓 걸

넌 나의 작고 소중한 포켓 걸

캥거루처럼
널 주머니에
쏙 넣어다니고
싶어

엄마랑 항상
함께있자

사실 분리 불안을 느끼는 건, 코코가 아니라 오히려 내 쪽인 것 같다. 코코를 집에 두고 외출해 있으면 마치 어린 아기를 혼자 집에 두고 온 것 같은 불안함에 휩싸인다.

잘 놀고 있는지, 춥지는 않은지, 덥지는 않은지, 외롭진 않은지, 무섭진 않은지, 수많은 걱정들이 머릿속을 가득 채운다. 강아지가 혼자 있기 적당한 최대 시간이 4시간이라고 해서, 외출을 해도 4시간을 넘기지 않으려고 애쓴다.

또, 코코를 집에 두고 혼자 외출할 때 나를 바라보는 그 처량한 표정을 모른 척하기가 점점 힘들어져 요즘엔 대부분 코코를 데리고 외출을 한다. 혼자 두고 나갈까 봐 불안해하다가도, 자기 물병에 정수기 물을 조르르 담는 순간 같이 나갈 걸 알아채고 기다렸다는 듯 달려와 내 품에 쏙 안긴다.

이럴 때 보면 코코 역시 나의 '포켓 걸'이 되는 걸 원하는 게 아닐까? 싶다. 나랑 같이 나가는 게 좋은 걸까? 아니면 집에 혼자 있는 게 싫은 걸까? 어느 쪽이든 상관없다. 캥거루처럼 배에 주머니가 있어서 어디를 가든 코코를 주머니에 쏙 넣어 데리고 다니고 싶다.

자이언트 베이비
내겐 너무 작고 가벼운 그녀

올해 한국 나이로 5살이 된 코코는 동안이라서, 어디를 가든 제 나이보다 어리게 본다. 동안이건 아니건 간에 내 눈에는 코코가 10살, 20살이 되어도 치명적인 귀여움 때문에 마냥 아기처럼 보일 것 같다.

동안인 것과는 별개로 해가 다르게 살집이 늘어나는 건 막을 수 없는 것 같다. 의식이 될 정도로 살집이 훅훅 늘지는 않지만 예전 사진을 보면 지금과 다르게 그렇게 스키니할 수가 없다.

조금씩 조금씩 늘어가는 덩치의 코코를 안고 있는 내 팔이 아프고 저려오는 것도 심해진다.

무겁지만
무겁지않다

필라테스를 가면 늘 선생님이 내 어깨와 목이 움직여지는 게 신기한 정도의 컨디션이라고 얘기하시는데, 가만히 생각해보니 무려 6.7kg의 '자이언트 베이비'를 안고 있는 시간이 많아 그런 게 아닌가 싶다.

분명히 미니 비숑이라고 들었는데 코코는 묵직한 사이즈의 빅숑인 게 틀림 없다. 산책을 하다가도, 함께 외출을 했다가도, 낮잠을 자다가도, 인형 놀이를 하다가도, 자꾸만, 수시로 안아달라고 하는 우리 자이언트 베이비를 뿌리칠 수가 없다. 묵직하게 안기는 코코의 존재감이 너무 크기 때문이다. 특히 품에 안겨 곤히 자고 있는 코코를 보면 묵직한 무게감은 잠시 잊고 자꾸만 안게 된다.

자이언트 베이비를 행복하게 해줄 수만 있다면 내 어깨와 목쯤은 내어주어도 아깝지 않다.

내껜 너무
작고 가벼운,
존재감은
엄청 큰

포근 담요 씨
포근하게 체온을 유지해주는 내 전용 담요

무릎 위에서 포근하게 체온을 유지해주는 코코를 부르는 애칭이다. 코코가 무릎에 앉아 있을 때 전해지는 온기가 너무나 따뜻하게 느껴지기 때문에 날씨가 싸늘해지기 시작하면 포근 담요 씨 쟁탈 시즌이 시작된다.

가을철 캠핑을 갔을 때, 텐트 밖에서 저녁을 먹던 다른 가족들이 너무 춥다고 하며 패딩을 꺼내 입길래, '난 왜 하나도 안 추운데 뭐가 춥다는 거지?' 했는데 나에게는 무릎에서 체온을 지켜주는 내 전용 포근 담요가 있기 때문이었다.

한파주의보가 내린 어느 날, 대부분의 시간을 내 무릎 위에서 지내는 코코를 보며 남편에게 "얘도 지금 추운가? 계속 내 무릎에만 붙어 있네?"라고 했더니 "무슨 소리야. 여름에도 코코가 무릎에만 붙어 있어서 더워 죽겠다고 짜증 냈잖아"라며 웃는 거다.

계절이 바뀌며 잊고 있었다. 우리 포근 담요 씨는 겨울철에만 포근하게 느껴지고 무더운 여름에는 엄청 버거운 존재라는 것을 말이다.

호도도
귀여운 너의 발소리

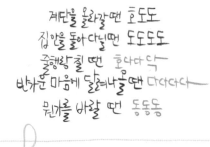

강아지의 타고난 생김새 자체가 너무 예쁘고 귀여운 건 누구나 알고 있는 사실이지만, 강아지들이 움직이며 내는 다양한 발소리 또한 너무 귀엽고 사랑스럽다는 걸 키워보기 전에는 절대 알 수 없다.

계단을 올라갈 땐 '호도도', 집 안을 돌아다닐 때 '도도도도', 줄행랑칠 때는 '호다다다', 반가운 마음에 달려 나올 땐 '다다다다', 뭔가를 바랄 때는 '동동동'.

특히 나는 계단을 올라갈 때 내는 '호노노' 소리가 너무 귀여워서 '호도도'라는 애칭으로 부른다.

초저녁 잠이 특히 많은 코코는 늘 내가 침대에 눕기 전에는 거실 어딘가에서 자고 있다. 밤이 되어 씻고 나와 잘 준비를 하고 침대에 누우면, 기다렸다는 듯 자고 있던 자리에서 일어나 어김없이 '호도도' 소리를 내며 계단을 통해 침대로 올라와 옆에 눕는다.

매일 같은 루틴이지만, '호도도' 소리를 내며 올라와 옆에 눕는 코코에게 "우리 호도도 왔어?"라며 머리를 쓰다듬어준다.

아침에는 늘 제일 먼저 일어나 거실로 나가 쉬를 한 후 간식을 달라고 침대에 있는 계단을 올라온다. 유난히 큰 '호도도' 소리에는 잠이 안 깰 수가 없다.

오늘도 역시나 "우리 호도도 쉬했어?"라며 일어나 코코에게 간식을 주며 하루가 시작되었다.

어와둥둥 씨
평생 효도 플렉스하는 우리 코코

'넌 어쩜 이렇게 털이 복실 복실할까?'
'넌 어쩜 그렇게 눈이 새까만 걸까?'
'넌 어쩜 그렇게 살이 토실 토실할까?'

강아지는 태어나기를 그냥 너무 예쁘고 귀엽게, 사람에게 사랑 받기 위해 태어난 존재인 것 같다. 시도 때도 없이 "오구 오구 사랑 스러워." "꺄 귀여워." "어야~ 너무 예쁘잖아." 온 가족이 코코를 보며 다양한 탄성을 내뱉으며 웃게 된다. 그저 똥만 싸도 "잘했다", "예쁘다" 하며 웃게 되는데, 마치 딸아이가 어릴 때 똥만 잘 싸도 "예쁘다" 하며 즐겁게 손뼉 쳐주던 때가 떠오른다. 아이들이 어릴 때 부모를 많이 웃게 해줘서 평생 할 효도를 다 한다고 하는데, 같은 의미로 강아지도 사람에게 평생 효도를 하는 것과 같다.

코코를 부르는 "어와둥둥 씨~"라는 애칭 안에 '예쁘다', '사랑스럽다', '귀엽다', '사랑해', '소중해', '최고야', '행복해' 등 코코에 대한 모든 애정 표현이 다 포함되어 있다. 코코에게 참 고맙다. 늘 아낌 없는 사랑의 감정을 느낄 수 있게 해줘서, 늘 바라는 것 없이 따스한 온기를 느낄 수 있게 해줘서 말이다.

언제나
나를 향해
활짝 웃고 있는너

해바라기 씨

언제 어디서나 그녀의 고개는 나를 향해 있다

언제나 변함없이 해를 바라보는 해바라기처럼, 코코의 시선은 항상 나를 향해 있다. 비가 오나, 눈이 오나, 바람이 부나, 해가 쨍쨍하거나, 날이 흐리거나 한순간도 어김없이 나를 바라본다.

내가 어떤 모습이건, 변함없이 나를 사랑으로 바라봐준다. 나 또한 코코에게 최선을 다하려고 노력하지만, 나에게 주어진 다른 여러 이유들로 코코가 우선 순위에서 밀리게 되는 경우가 있다. 그렇기에 나는 코코에게 늘 최선이고 최고일 수는 없다. 그럼에도 코코는 무슨 일이 있어도 나를 탓하거나 원망하지 않는다.

아주 작은 몸에서 전해지는 그 믿음과 온기에 말할 수 없이 큰 위로와 따뜻한 사랑을 느낀다. 이유를 묻지 않는다. 그저 나이기 때문에 한결같은 사랑을 준다. 꼬불꼬불한 털이 감싼 동그란 얼굴로 나를 바라볼 때 그 모습이 마치 해바라기와 꼭 닮아 있다. 이렇게 한결같은 사랑을 주는 존재가 이 세상에 있다는 것만으로도 마음이 충만해지며 큰 힘이 된다.

로

怒

강아지라고 해서 늘 귀엽고 예쁘기만 한 것은 아니다.
때론 나를 열 받게, 빈정 상하게 한다.
그 하찮은 노여움에서 생겨난 애칭들.

모닝콜 씨

코코에겐 배꼽 알람이 있는 게 분명해

"배고파?"

내가 매일 눈을 뜨자마자 말하는 첫마디다. 늘 "잘 잤어?" 대신 "배고파?"로 인사를 하며 하루를 시작한다. 밥 먹을 시간이 되면 정확하게 배꼽 알람이 울리는 코코.

매일 새벽 6시에는 아침 밥을 달라고 모닝콜을 하며 깨우고 저녁 6시가 되면 어김없이 저녁을 달라고 밥그릇 앞으로 나를 이끈다.

안방은 암막 블라인드라 빛이 전혀 들어오지 않는데, 아침이면 기가 막히게 일어나 내 앞에 앉아 앞발로 나를 짓누르기 시작한다. 짓누르고, 핥고, 낑낑대고… 일어날 때까지 포기를 모른다. 한번 마음 먹은 건 꼭 하고야 만다.

처음 집에 데려 왔을 때 배변 훈련과 분리 훈련을 위해 울타리를 쳐놓고 그 안에서만 생활했던 몇 일 동안, 꺼내 달라고 밤새도록 낑낑거리던 때 이미 알아봤다.

코코의 사전에 포기란 없는, 아주 강한 집념을 가지고 있다. 아이폰의 시끄러운 알람 소리보다 너 견디기 힘든 코코의 모닝콜. 한번 울리기 시작하면 당해낼 수가 없다. '배고픔'은 본능적인 것이라 어쩔 수 없다고 쳐도, 어떨 땐 새벽 4시에도 밥을 달라고 깨우는데, 그땐 정말 때려주고 싶을 정도로 밉다.

매일 아침밥 달라고 나를 강제 기상시키는 코코. 제발 울리지 않았으면 좋겠는 징글징글한 '모닝콜'이다.

줄행랑쭈 베비쭈
산책, 쉽게 나갈 수는 없는 거니?

모든 강아지가 산책을 좋아하는 건 아닌 것 같다. 코코는 내 약속에
같이 데리고 갈지, 자기를 두고 나갈지, 산책을 나갈지, 기가 막히게
각 경우의 수를 단번에 알아챈다.

같이 데리고 외출하는 경우에는 폴짝 뛰어 올라 무릎에 안기며
데리고 나가라고 꼬리를 연신 흔들어댄다. 하지만 산책 갈 낌새가
보이면 줄행랑을 쳐서 소파 밑으로 숨어버린다.

엄청 눈알을 굴리며 눈치를 보며 손이 닿지 않게 도망을 다닌다.
간식으로 유인해보거나, 혼자 나가는 척을 해봐도 소용이 없다.
소파 밑으로 들어가 나올 생각을 하지 않는 코코를 기다리다 산책을
포기한 날도 많다. 막상 나가면 너무 신나하는데, 나가기 전 왜 꼭
이런 밀당을 하는지 속이 터진다.

산책은 나를 위한 게 아니라 자기를 위한 건데 '이렇게 애써가며
산책을 시켜야 하나' 싶은 생각이 들 때도 있다. 그럼에도 불구하고
매일 산책을 나가려고 하는 이유는 온전히 코코만을 위한 시간을
만들어주고 싶기 때문이다.

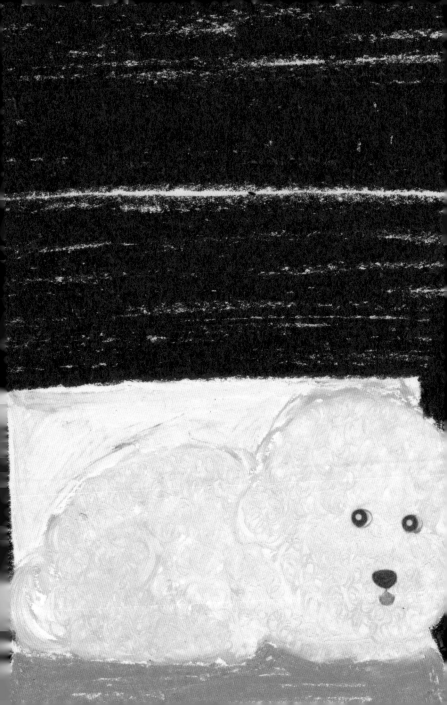

코코 입장에서 생각해보면 크게 다를 것 없는 하루 일과 중 산책이 유일한 이벤트일 것이다. 하루 24시간 중 고작 1시간이 채 안 되는 시간일 뿐이지만, 걷는 걸 너무너무 싫어하는 내가 콧물까지 얼 정도의 추운 한파에도 숨이 턱 끝까지 차오르는 폭염에도 심한 감기 몸살로 몸져누운 날에도 눈 코 뜰 새 없는 바쁜 날에도 어김없이 데리고 나가 걷는, 오직 코코만을 위한 나의 노력이 깃든 시간이다.

강아지들에게 스트레스 해소의 시간이며 코코에겐 다이어트를 위한 운동으로 그리고 슬개골 탈구의 예방을 위해 꼭 해야 하는 산책은 어쩌면 나에게는 의무감으로 시작되었지만 돌이켜 생각해보면 산책으로 위로받는 건 오히려 나인 것 같다.

마음이 복잡할 때 오로지 코코의 발걸음에만 집중하며 천천히 맞춰 걷다 보면, 한 번씩 나를 올려다 보는 코코의 환한 얼굴에 소용돌이치던 마음속의 걱정이 사라진 듯 잔잔해진다. 정작 나가서 걷다 보면 코코도 나와 발걸음을 맞추는 것이 꽤나 즐거워 보인다. 코코를 위한 산책이 나에게도 힐링의 시간이 되었다.

그렇게 환한 미소로 엄마를 바라봐줄 거면서, '줄행랑쭈 베비쭈 씨'야, 우리 제발 밀당 없이 산책하면 안 될까?

밀당 하지말고
나가자―

싫어

강아치
'먹튀'를 밥 먹듯 하는
강아지계의 양아치

귀여움 덩어리 강아지라고 해서 늘 예쁘고 귀엽기만 한 건 아니다. '강아치'는 '강아지와 양아치'의 합성어로, 하는 짓이 너무 얄미워 양아치 같을 때 부르는 애칭이다. 이런 경우는 대부분 간식을 얻어 먹자마자 튀는 상황일 때다. 시크함과 무관심의 대명사인 코코가 간식을 위해 애교를 부리다 못해 애처로워 보이는 세상 간절한 눈빛으로 나를 바라보며 먹을 것이 있는 쪽으로 끊임없이 유인을 한다. 결국 간식을 받아 먹고 나면, 고마운 기색 1도 없이 받아 먹자마자 '쌩'하고 튀어버린다.

마치 약을 올리듯, 손이 닿지 않는 소파 밑으로 들어가서 음흉한 눈빛으로 바라만 볼 뿐 절대 나오지 않는다. 아무리 불러도 못 들은 척하던 강아치는 내가 간식 소리를 내면 그제서야 언제 도망 갔냐는 듯 안면 볼수를 하고 기어 나와 내 옆에 딱 달라붙어 꼬리를 흔들며 애처로운 눈빛으로 간식을 요구한다. 이럴 땐 진한 배신감 을 느끼며 "야, 이 강아치 새끼야"라고 꼭 한마디를 하게 된다.

내 단잠을 깨워놓고 쌩 까는 경우 역시 '강아치'라고 부른다.

내가 늦잠을 자는 날에는, 놀아 달라고 집요하게 덤비며 꼭 잠을 깨운다. 놀자고 집요하게 조르며 결국 나를 깨워놓고는, 얼마 놀지도 않고 내 손이 닿지 않는 침대 밑 깊은 곳으로 기어 들어간다. 아무리 불러도 나오지 않다가, 늘어지게 잠을 자고 나면 그제서야 기어 나와 꼬리를 살랑인다. 이랬다가 저랬다가 일부러 약 올리는 것 같다. "야, 이 강아지 새끼야!"라는 말이 어김없이 나온다.

　다른 강아지들의 이야기를 들어보면, 주인이 늦게까지 안 일어나면 혹시나 어디가 아파서 못 일어나는 걸까 봐 걱정이 되어 일부러 깨운다는 이야기도 있던데,

그럴 리는 없겠지만 혹시
코코도 그런 효심에서
비롯된 행동인 걸까?
강아지의 마음은 정말이지
알 수가 없다.

머물 것 1개만
내놔!
그럼 순순히
보내줄게

강냥이
네 안에 흐르는 진한 고양이의 피

일반적인 강아지와는 좀 다른 성격의 코코. 기대했던 강아지의 모습과 좀 달라서 처음에는 좀 당황스러웠다. 뭐랄까. 강아지라고 하면 보통 눈만 마주치면 애교를 부리며 배를 까고 끊임없이 치대며 댕댕거려서 '댕댕이'라고도 부르지 않나?

코코는 좀 다른 점이 있다. 독립적이라고 해야 하나? 그런 면에서 고양이의 습성과 많이 비슷해 보인다. 코코는 나에게 꼭 붙어 있는 시간도 분명히 필요하지만, 혼자만의 시간도 가져야 하는 아이다.

혼자만의 시간이 필요할 땐, 조용히 침대나 소파 밑에 들어가 아무리 불러도 나오지 않는다. 이럴 땐 절대 먼저 다가가선 안 된다. 코코는 누구보다 섬세하고 자기 주장이 강해서 억지로 밀어붙이면 역효과가 난다.

손이 닿을랑 말랑 한 거리에 누워 눈알을 굴리고 있는 코코의 머리를 쓰다듬어 주려고 손만 내밀어도 화들짝 놀라 더 깊숙이 들어갈 정도로 소심하고 예민한 아이다. 억지로 안아서 무릎 위에 앉혀놓으면 곧바로 일어나 도망가 버린다.

애교도 부리고 싶을 때만 와서 부린다. 먼저 다가가면 도망가고,

네안에
흐르는
냥이의피

ㅋㅋ

모른 척 기다려주면 슥 다가오는 밀당의 귀재. 남편하고도 밀당하는
게 싫어 일찍 결혼을 한 나인데, 이제 와 강아지와 밀당을 하고 있다.

물론, 코코와의 밀당에서는 늘 내가 지는 것 같지만 말이다. 이처럼
고양이같이 독립적인 모습을 가진 코코는 고양이들의 대표적 행동인
'꾹꾹이'도 즐겨 한다.

이불이나 내 몸 위에서 앞발로 꾹꾹 누르는 행동을 한다. 고양이
들 전매 특허인 '식빵 굽는 자세'도 너무 좋아한다. 햇빛이 잘 드는
자리를 찾아 가만히 식빵을 구우며 햇살을 즐기고 있을 땐 정말
'강아지의 탈을 쓴 고양이가 아닐까?' 싶다.

아무리 이름을 불러도 고개조차 돌리지 않는, 자기가
원할 때만 슥 다가와 곁을 내주는, 그래서 늘 애타게 만
들며 나를 약 올리는, 강아지의 얼굴을 한 고양이 같은
우리 집 '강냥이' 코코.

나팔 부는 코코 양

곤란할 때마다 코로 불기 시작하는 나팔

코코는 내가 격하게 부리는 애교나 텐션 넘치는 장난을 절대 받아주지 않는다. 어떤 행동에 대놓고 거부감을 드러낼 수 없는 내향적인 성격인 코코는 너무 싫거나 곤란한 상황일 때, 한마디로 '극혐'이라는 의미를 표현하고 싶을 때 "크응크으으응" 하는 코로 특유의 나팔 부는 소리를 낸다.

격한 애정 표현을 거부하고 싶을 때, 품에서 벗어나고 싶을 때, 안겨 있는 자세가 불편할 때, 앞발을 잡았을 때, 친하지 않은 사람이 자기를 예뻐할 때, 사람의 관심에서 벗어나고 싶을 때, '크으으응' 하고 내는 나팔 소리가 더욱 거세진다. 오늘도 너무 예쁜 코코의 모습에 반해, 품 안에 꼬옥 껴안고 뽀뽀를 날려댔더니 어김없이 '크으으으응 크긍' 소리를 냈다. '코코야, 엄마의 애정 표현이 그렇게 거부감이 드니? 이 에미 서운하다~'

애교도 거의 없고 감정을 잘 드러내지 않는 코코. 강아지에게 서운함을 느낀다는 게 좀 유치하지만, 이럴 땐 어째 나의 사랑이 일방적인 것 같아서 서운한 마음이 드는 것도 사실이다.

발사탕 씨
도대체 발에서 무슨 맛이 나길래?

"찹찹찹찹찹찹찹찹찹찹. 내 발에 캔디~"
이것은 사탕을 핥아먹는 소리가 아닙니다.
코코가 자기 발을 미친 듯 핥는 소리입니다.
"찹찹찹찹찹찹찹찹찹!"

새벽녘 동이 트기도 전, 방을 가득 채운 소리에 눈이 떠졌다. 가만히 집중해서 들어보니 뭔가를 정신 없이 핥는 소리이다. 휴대폰으로 손전등을 켜고 겨우 눈을 떠보니, 코코가 정신 없이 자기 발을 너무 맛있게 핥고 있다.

이미 침으로 흥건해진 코코의 발. 한번 꽂히면 무아지경으로 정신을 못 차리고 핥아댄다. 마치 사탕을 핥아 먹는 것처럼 정신 없이 발을 핥을 때 부르는 애칭이다. 이럴 땐, 입과 발을 억지로 떼보지만 강한 자석처럼 끌려 다시 붙는다.

혹시나 습진이 생길까 조심스러운 마음에 "발사탕 씨야. 엄마 손 줄게! 여기!"라며 슥~하고 내 손을 내어준다. 자연스럽게 자기 발을 핥던 혀를 내 손으로 옮겨와, 내 손을 미친 듯 핥아댄다. 내 손에 습진이 생길 것만 같은 찝찝함이 있지만, '발사탕 씨'의 발에 습진이 생기는 것보다 낫다는 생각으로 늘 손을 내어준다. 이게 바로 살신성인 혹은 내리사랑의 본보기가 아닐까 싶다.

발사탕에 관한 여러 견주들의 이야기를 들으면 공통점이 있다. 강아지들의 발사탕은 꼭 새벽 3~4시경에 클라이맥스에 달한다는 사실이다. '찹찹찹찹' 하지 말라고 말리고 말려도 끊임없이 나는 발사탕 소리에 노이로제가 걸릴 것만 같다. 강아지는 여러 가지 면에서 신경 쓸 일을 끊임없이 만드는, 잔잔하고 꾸준하고 소소하게 킹 받게 만드는 존재이다.

욕심쟁이 씨
내 경쟁 상대는 언니야. 언니 것은 다 내 것 할래!

코코는 먹을 것 외에는 특별히 집착하는 게 없는데, 언니(딸램)가
자기의 경쟁 상대라 생각해서 그런 건지, 늘 언니의 것들을 탐내며
뺏으려고 한다. 특히, 잘 때 언니의 베개 위에서 자기 침대인 양
가로로 길게 뻗어 누워 잔다. 언니는 중학생이지만 안방에서 온
가족이 다 같이 자는 게 너무 포근해서, 그 포근함을 벗어날 수

없다며 여전히 엄마 아빠와 함께 잔다. 그렇게 코코까지 온 가족이 다 함께 자는데, 언니가 화장실을 다녀오느라 잠시 자리를 비운 틈이나 잠시 자세를 바꿔 누운 틈을 타 재빨리 언니 베개를 사수한다.

"엄마! 욕심쟁이 씨가 또 내 베개에 누웠어!!"

어젯밤도 베개 쟁탈전으로 시끄러웠다. 행여나 자기를 들어 옮기려고 하면, 으르릉하며 자리를 사수한다. 그러다 보니 언니는 자다 보면 어느새 베개를 차지하고 있는 코코를 피해 목이 꺾인 자세로 잠을 잘 수밖에 없다.

웬만한 것은 개 동생에게 다 양보해주는 언니가 절대 참을 수 없는 한 가지가 있는데, 그건 바로 애착 인형을 빼앗겼을 때이다.

"야! 이건 내 거야~ 너 인형 많잖아~ 내 것 좀 그만 탐내~"

어릴 때부터 아끼던 애착 인형을 몇 개나 빼앗긴 뒤에는 아무리 침을 발라놓아도 절대 넘겨주지 않는다. 자기 인형을 가지고 놀다가도 언니를 놀리듯 입에 물고 있던 인형을 툭 내려놓고 아직 자기 것이 되기 전의 언니의 다른 애착 인형을 물고 격하게 고개를 흔들며 나에게 달려온다. '엄마, 이거 내 것 해도 될까?'라는 표정으로 말이다.

두 딸 사이에서 누구 편도 들 수 없을 때 참으로 난감하다.

우리 집 금쪽이
우리 집 금쪽이, 도대체 왜 이러는 걸까요?

중학생 남자 형제를 키우는 동생은 수년 전 아이들이 어릴 때, 조카들이 망아지처럼 뛰어다니며 저지레를 할 때마다, 상대에게 고개 숙이며 죄송하다는 말을 입에 달고 살았다.

그때마다 동생이 나에게 말했다. "애들이 집에서는 착하고 말을 잘 듣는데, 밖에만 나오면 저렇게 흥분을 해서 망아지가 되니까 너무 안타까워. 집에서는 착하고 순한 아이들인데 그 모습은 모르고 애들이 망아지인 줄로 알잖아"라고 말이다.

그 당시 조용하고 얌전한 딸을 하나 키우는 나는 공감할 수 없었다. 그런데 요즘에 와서야 '개 딸'을 키우며 그때의 말이 백 번 이해가 되며 격한 공감이 되고 있다. 평소에는 낑 소리조차 내지 않는 조용하고 착한 코코가 밖에만 나가면 돌발 행동을 보이기 때문이다.

밖에 나가 조신하게 잘 있다가도 낯선 사람이 다가오면, 갑자기 돌변해서 왕왕 짖어댄다. 짖는 상대가 불특정해서 코코가 돌변하는 경우가 어떤 조건의 사람인지 아직 모르겠다. 이럴 땐 마치 지랄견이나 악마견의 모습으로 격하게 짖어댄다.

나한테 오지마!
다가오는 순간
지옥맛을 보게 될거야

그럴 때마다 죄송하다고 사과를 하고 돌아서며 가슴이 아프다. 어렸을 때는 사람을 경계하는 게 없었는데, 슬개골 탈구로 인한 세 번의 입원과 수술로 낯선 사람에 대한 트라우마가 생긴 듯하다. 아이의 성향에 따라 훈육하는 방법이 다르듯, 강아지들도 각기 다른 강아지의 성격과 성향에 맞는 훈육 방법도 다른 것 같다.

'우리 집 금쪽이' 코코는 경계하던 사람도 다섯 번 정도 만나면 친밀함이 생기는지 그 경계가 풀린다. 그래서 내 친구들을 소개해줄 때에도 다섯 번의 만남 전까지는 적극적으로 다가가지 말아달라고 부탁을 한다. 코코가 적응할 시간을 충분히 주고 싶어서 말이다.

산책길에 만나게 되는 불특정 다수의 낯선 이들에 대비해서는, 늘 리드줄을 짧게 잡고 맞은 편에서 사람이 다가올 때엔 다리로 코코 시야를 가리거나 리드줄을 잡아당기며 제어를 한다.

언니(딸램)와 산책을 할 때는, 언니는 앞장서 걸으며 코코를 안심하게 해준다. 나름의 트라우마로 인한 코코의 돌발 행동을 모르는 사람들에게 이해시킬 수 없다는 게 엄마의 마음으로는 좀 안타깝지만 남에게 피해를 줄 수는 없기에, 항상 조심하며 이런 행동을 고치기 위해 다양한 동영상을 찾아보고 코코에게 적당한 방법을 찾아 지켜가고 있다.

자식이 잘못된 행동을 할 때마다 에미 탓인 듯 마음이 아픈 것처럼, 코코가 이런 문제적 행동을 보일 때 역시 내 탓인 것 같아 마음이 아프다.

코코의 문제적 행동이 교정되어 금쪽이를 졸업하는 날이 오기를 간절히 바라고 바랄 뿐이다.

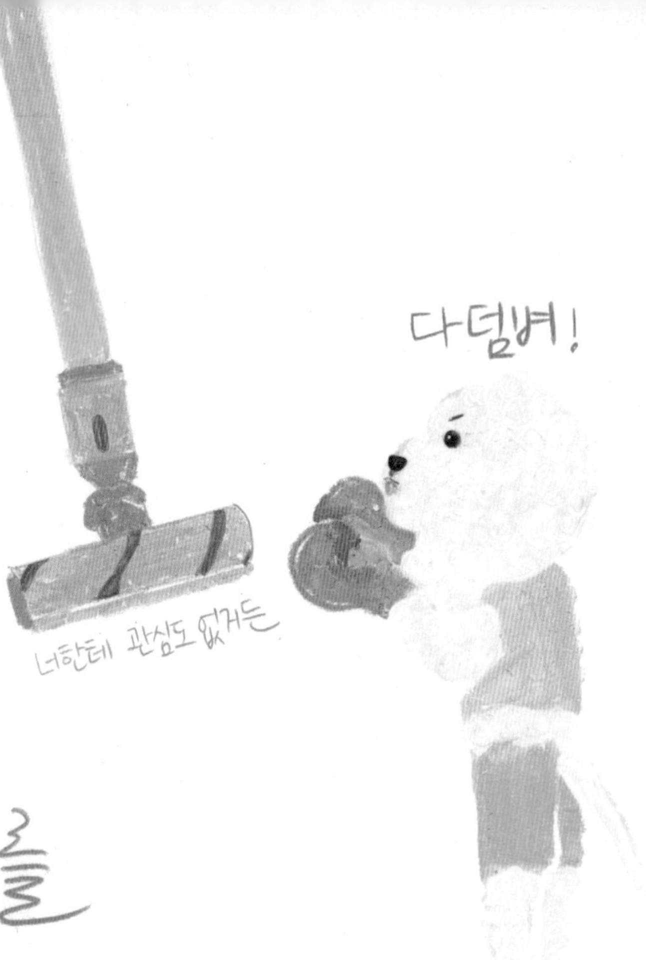

청소기를
마치
샌드백처럼
죽어라 덤비는

진상이
너는 짖어라, 난 청소를 할 테니

코코의 꼬장이 가장 심해질 때는, 청소기를 돌릴 때이다. 죽자고 덤비며 짖어댄다. 혼내도 보고 무시도 해보고 혹시 무서워서 그런가 싶어 "괜찮다. 청소기는 너를 해치는 존재가 아니다"라며 아기 띠를 해서 안고 청소기를 돌리며 친해지게 하려는 노력도 해봤지만 헛수고였다.

이렇게 진상을 부릴 땐, 강형욱 훈련사에게 도움을 받고 싶다는 생각도 든다. 청소를 해주시던 이모님이 그만두시며 나의 수고를 덜고자 구입했던 로봇 청소기는 2시간 가까이 집을 돌며 청소를 하는데, 코코가 그 시간 내내 짖어대는 바람에 쓰지 못하고 있다. 진상이 덕분에, 로봇 청소기는 뜻밖의 휴가를 즐기게 되었고 내가 직접 청소기를 돌리게 되었다.

나를 힘들게 하는 코코가 미워, '진상이'라고 부르며 혼냈다.

질투쟁이 씨
엄마 사랑은 누구에게도 빼앗길 수 없어!

코코를 아무리 불러도 대꾸조차 없을 땐, 숙제를 하고 있는 딸의 방으로 조용히 들어간다.

"코코가~ 그랬잖아~ 코코가~ 코코가 그랬대! 어머 정말? 오호호호"라고 괜히 딸하고 엄청 재미있는 이야기를 하는 것처럼 크게 떠들기 시작하면 웃음이 그치기도 전에 헐레벌떡 동그래진 눈으로 호다다다 뛰어 들어온다.

그리고는 나와 딸 사이에 매달리며 안아 달라고 양발로 내 다리를 긁어댄다. 전용 방석에 세상만사 귀찮다는 듯 누워 있다가도, 딸을 꼭 껴안고 "아이 예쁘다~"라고 한마디를 하면 '도도도도' 하고 발소리를 내며 뛰어 와 딸과 내 사이를 비집고 들어와 내 품에 제 얼굴을 들이민다. 언니 말고 자기한테 예쁘다 해 달라고 말이다.

질투를 하는 개 딸의 모습이 너무 귀여워서 딸하고 나는 늘 빵 터지고 만다.

엄마ㅣ
나만 바라봐—

ㅋㅋㅋ 알겠어

엄마는 내거야!
엄마의 0순위는
나여야만해!

특히 동생네 강아지 초코를 예뻐할 때, 코코의 질투 게이지는 폭발한다. 초코는 코코와는 다른 타고난 애교쟁이라, 눈이 마주치는 순간 배를 보이는 아이라서 꼭 아는 척을 하고 "예쁘다" 하며 배를 만져줘야 한다.

나와 눈이 마주치며 배를 까고 누우며 만져 달라고 꼬리를 흔드는 초코의 배를 만져주며 "예쁘다" 하고 칭찬을 해줬는데, 그 다음부터 내 무릎에 앉아, 초코가 조금만 내 가까이로 오면 으르렁거린다. 그 이후로는 코코 앞에서는 절대 초코를 대놓고 예뻐할 수가 없다.

엄마의 사랑은 자신이 0순위이길 바라는 질투쟁이 씨!

애
哀

강아지를 키우는 일은 끊임없이 마음 쓰는 일이다.
서로의 말을 알아들을 수 있다면 얼마나 좋을까?
앞뒤 사정을 다 설명할 수 있으면 얼마나 좋을까?
그 안타깝고 짠함에서 생겨난 애칭들.

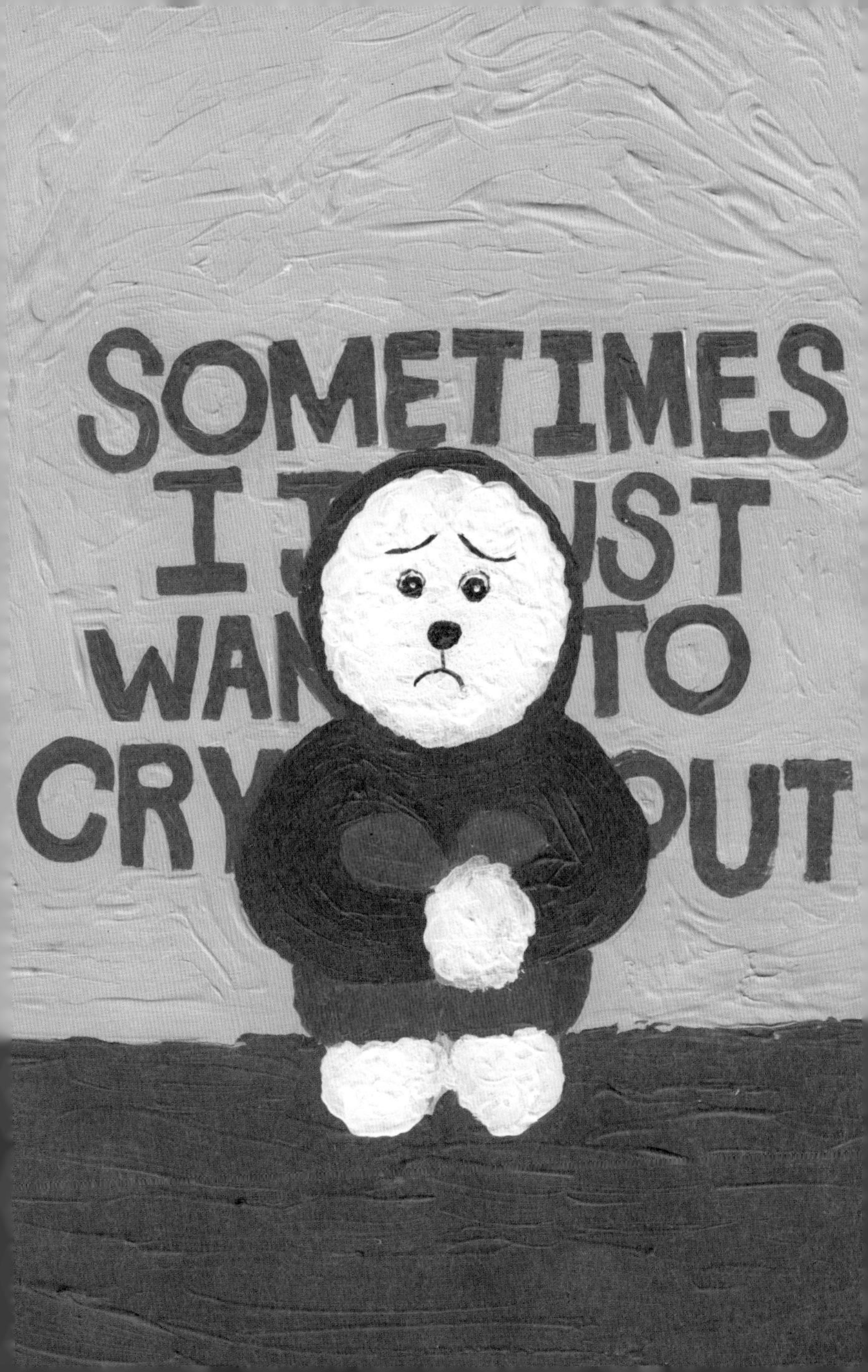
SOMETIMES
I J UST
WAN TO
CRY UT

자도 자도
졸려

북극곰 씨
혹시 강아지도 겨울잠을 자나요?

추운 겨울이 되면 하루 대부분의 시간에 잠만 자는 코코가 마치 겨울잠을 자는 하얀 북극곰 같아서 부르는 애칭이다. 너무 깊이 자는 코코의 모습에 어디 아픈가 걱정이 되어, 자는 애 앞으로 가 괜히 인형을 던져보거나 간식을 흔들어본다.

그러면 또 아무렇지 않게 일어나 던진 인형을 물어 오거나, 와그작하고 간식을 받아 먹는다. 겨울잠을 자는 동물도 아닌데, 겨울만 되면 잠이 너무 많아지는 코코가 걱정되어 의사인 아빠에게 전화를 걸어 물었다.

나 : 아빠, 강아지들도 겨울잠 자?

아빠 : 글쎄 내가 어떻게 아니? 난 수의사가 아닌데…

나 : 아, ㅋㅋㅋㅋㅋ 그건 그렇지.

아빠 : 왜 어디가 불편해 보여?

나 : 딱히 그런 건 아닌데 꼭 날이 추워지면 잠만 자는 거 같아서
　　　어디 아픈 건가 걱정이 돼서…

아빠 : 거정되면 병원에 데리고 가봐.

아빠에게 물어도 시원한 답을 들을 수는 없었다. 사실 내가 별것 아닌 상황에도 놀란 가슴으로 '오버'하는 이유가 있다. 우리의 첫 반려견은 지금의 '코코'가 아니다.

비숑 남자 아이였다. 토요일에 우리 가족이 되어서 '토토'라는 이름을 지어줬던 아이. 토토는 6개월 차에 접어들며 강아지들이 일반적으로 하는 중성화 수술 후 하늘나라에 갔다. 마취에서 깬 후부터 끊임없이 헥헥거리며, 앉지도 눕지도 못한 채 어딘가 불편해 보였다.

수술을 받은 병원에 전화해서 토토의 증상을 말씀드리며 어디 잘못된 게 아닌가 물었지만, '수술로 힘들어서 그럴 것 같습니다. 약 잘 챙겨 먹이세요'라는 수의사 선생님의 이야기만 믿었다.

대부분의 강아지들이 하는 중성화 수술이니 별 의심 없이 그저 '수술이 힘들었겠거니', '상처 부위가 아프겠거니' 하는 안일한 마음으로 어딘가 너무 불편해 보이던 토토에게 "괜찮다. 엄마가 있으니 마음 푹 놓고 쉬어라"라는 말만 해주며 12시간을 허비하고 늦은 밤이 된 시각, 혀가 까매진 토토를 보고 그제서야 너무 놀라 들쳐 안고 24시간 병원으로 달려갔다.

병원에 들어서는 순간부터 토토의 코에서 피가 흐르기 시작했다. 사실, 그 이후의 몇 십분간은 기억이 잘 나지를 않는다. 이런저런 검사 후 선생님이 니에게 토토의 상태를 알려주시며 "언제 깨어날지 아직 모르는 상태입니다. 깨어나도 앞으로 뒷다리를 못 쓰게 될 수도 있어요"라고 하셨다.

나는 울면서 "다 괜찮으니 깨어나게만 해주세요." 이런 말을 하고 있었는데, 안쪽에서 다른 선생님이 나오시더니, 토토가 하늘나라에 갔다고 하셨다. 선천적으로 심장이 안 좋았는데 마취를 해서 생긴 폐수종으로 인해 폐에 물이 차서 호흡곤란이 왔었는데, 급성 패혈증까지 왔던 게 원인이었다.

병원에서 어찌 손도 써보지 못하고 6개월이라는 짧은 생을 살고 허망하게 하늘나라를 가버렸던 토토. 뒤늦게 데리고 간 내 잘못으로 하늘나라에 보냈다는 죄책감 때문에 몇 날 며칠을 잠도 못자고 잘 먹지도 못하고 울기만 했다.

그 당시 초등학교 2학년이었던 딸 역시 몇 일간 식음을 전폐하고 버티다가 병원에서 수액을 맞기도 했다. '죽음'이라는 자체를 받아들이기에 너무 어렸던 딸에게는 슬픔을 참고 이겨내는 게 아니라, 충분히 슬퍼하고 그리워하는 시간을 겪어야 치유가 잘될 거라는 생각이 들었다.

그때 우리는 매일 토토의 이야기를 나누었다. 토토의 기억을 애써 지우려 하지 않고 시간이 흐름에 따라 자연스럽게 흐려지기를 바랐다. 매일 울기만 하던 딸에게 자신의 감정을 토해낼 수 있도록 토토에게 편지를 써보는 게 어떻겠냐는 제안을 했다. 그 당시, 딸이 하늘나라에 간 토토에게 썼던 편지이다.

너무나 일찍 허무하게 세상을 떠나버린 토토에게
토토야. 누나야. 누나는 네가 행복하게 오래 오래 살다가

늙어서 편안하게 눈 감을 줄 알았어.

그런데 네가 너무 일찍 갑작스럽게 세상을 떠나서

너무 힘이 들고 속상해서 마음의 병이 몸의 병이 되어버렸어.

그래도 누나는 네 덕분에 많이 행복했단다.

너는 지금 천국에 있지? 아직 도착하지 못하였다면,

누나가 내일 성당에서 너를 위해 촛불을 켜줄게.

토토야, 잘 지내! 안녕!

＿ 네 누나가

　그때 나도 딸의 정신 건강을 위해 전혀 내색할 수 없었지만, 너무나 큰 충격과 상처였기에 하나의 생명을 내가 감히 책임진다는 것에 두려움이 생겼다.

　토토가 하늘나라에 간 지 2주 만에 중성화 수술을 했던 수의사 선생님한테서 연락이 왔다.

　"제가 너무 죄송해서, 토토와 똑같은 비숑 남자 아이를 병원에 데려다 놨어요. 이 아이, 데려가서 키우시면 어떨까요?"

　심장이 쿵쾅거리며 감사한 마음보다는 당황스러움이 먼저 왔다.

　"네? 저는 아직 마음의 준비가 안 되었어요. 토토가 간 지 아직 2주일밖에 안 되었고 다른 아이를 데려온다는 건 너무 이른 것 같아요"라며 거절을 했지만, "토토네 생각해서 제가 데려왔습니다. 한번 와서 보세요"라는 말에 우리에게 미안했던 선생님의 마음도 알 것 같아 결국 거절하지 못하고 병원에 그 아이를 만나러 갔다.

같은 비숑이지만, 토토와는 너무 다르게 생긴 아이였다. 만나자마자 원래 가족이었던 것처럼 품 안에 들어와 애교를 부리는 아이를 보고 그냥 올 수가 없었고, 결국 '토토를 잃은 상실감을 이 아이를 사랑으로 키우며 또 다른 추억으로 채워나가자'라는 생각으로 데려오게 되었다. 토토 동생이고, 건강하고 힘차게 오래 살기를 바라는 마음으로 '토르'라는 이름을 지어줬던 아이.

집에 온 지 3일째, 배변 훈련도 잘되어 첫날부터 배변판에만 볼일을 보던 아이가 집 안 여기저기에 구토와 피똥을 싸기 시작했다.

'배탈이 났나 보다, 별일 아니겠지'라고 믿고 싶었다.

설마하는 마음을 애써 다잡고 병원으로 향했다. 검사를 하고 나오신 선생님의 표정이 좋지 않았다.

"아이가 파보 장염에 걸렸네요."

귀를 의심할 수밖에 없었다.

"네? 그거 위험한 거 아닌가요?"라며 물었더니 "네. 그런데 저는 치료하기가 어려울 것 같아요. 자신이 없네요. 살 수 있는 확률이 거의 없어요."

수의사 선생님의 책임감 없는 모습에 너무 화가 났지만 우선 토르부터 살려야겠다는 생각에 아이를 안고 나와 다른 병원으로 갔다. 그곳에서도 파보 장염은 치사율이 90%가 넘기 때문에 치료를 포기하는 사람들도 많다고, 특히 어린 아가는 더 견디기 힘들 거라고 하셨다.

우리 집에 온 지 3일밖에 안 되었지만, 인연이 되어 우리 가족이 된 아이를 어떻게든 살리고 싶었다. 하루 두 번씩 면회가 되는 시간에 맞춰 매일 병원에 가서 토르를 만나고 왔다. 갈 때마다 아파서 비명을 지르는 아이의 모습을 보는 게 너무 괴로워서 품에 안고 계속 울기만 했다. 내가 해줄 수 있는 게 아무 것도 없이, 작은 아이가 스스로 이겨내길 바랄 수밖에 없는 상황이 답답하고 괴로웠다.

결국 그 작은 아이는 파보 바이러스를 이겨내지 못하고 병원에 입원한 지 3일 만에 하늘나라에 갔다. 토토를 잃은 지 채 한 달도 안 되어 일어난 이 충격적이고 거짓말 같은 상황을 어린 딸에게 사실대로 말할 수가 없었다.

"토르가 아파서, 아기 토르는 엄마 품에서 건강할 수 있다고 해서 엄마에게 돌아갔어. 더 이상 우리 가족이 아닌 건 속상하지만, 토르가 건강한 게 더 중요하지 않을까?"라는 나의 말에 딸은 울면서도 금방 수긍을 했다.

사실 '토르' 이야기는 내 지인들도 잘 모르는 이야기이다. 너무 충격적이었던 터라, 입 밖으로 꺼내기가 쉽지 않았기 때문이다. 한 달 사이 두 마리의 강아지를 하늘나라에 보내고 '나는 강아지가 허락되지 않는 저주받은 사람이구나. 괜히 두 아이가 나에게 와서 저주를 받고 일찍 하늘나라에 갔구나.' 이런 생각들이 끊임없이 들며 너무 괴로운 시간들을 보냈고, '강아지가 허락되지 않은 내 인생에 두 번 다시 반려견은 없다'라고 마음먹었다.

토토와 토르가 간 지 1년이 지난 후, "강아지에 대한 그리움은 또 다른 강아지로 채우자. 그때 강아지들이 하늘나라에 간 건 너의 잘못이 아니다"라는 남편과 딸의 끊임없는 설득으로 결국 지금은 없어서는 안 될, 우리 집 행복 바이러스 '코코'를 데려오게 되었다.

믿기 힘든 일을 겪으며 큰 트라우마가 생긴 나는, '혹시나 하는 마음이 들면 무조건 병원에 데리고 가자'라는 철칙이 생겼다. 잠만 자는 코코가 걱정이 되어 병원에 데리고 가려고 패딩을 입는데, 딸이 웃으며 이야기했다.

"엄마, 작년에도 코코 잠만 잔다고 병원에 데리고 갔었는데 아무 이상 없다고 했잖아. 여름에는 숨 헐떡인다고, 겨울에는 잠만 잔다고 매년 병원에 데리고 가잖아."

"아 내가 그랬나?"

딸의 말에 마음이 놓여 패딩을 벗고 자고 있는 코코 옆에 가만히 누워 얼굴을 쓰다듬어줬다.

자고 있던 코코를 들어 올려 품에 안고 "이불 밖은 위험해! 북극곰 씨야, 우리 잠이나 자자"라며 이불 속으로 쏙 들어갔다.

돼강이

식탐으로 둘째가라면 서러운 애

'돼강이'는 '돼지강아지'를 줄여 부르는 말이다. 코코는 먹을 것으로 둘째가라면 서러운, 늘 배가 고픈 아이이다. 단지 배가 고프기 때문이라기보다는 심심할 때, 무료할 때, 관심받고 싶을 때, 짜증날 때, 외로울 때, 사랑을 확인받고 싶을 때 먹고 싶어한다.

사람은 심심할 땐 책이나 TV를 보거나 게임을 할 수 있고, 관심받고 싶을 땐 누군가한테 투정을 부린다거나, 짜증 날 땐 짜장면을 먹거나, 외로울 땐 사람들을 만나 기분 전환을 할 수도 있고, 사랑을 확인받고 싶을 땐 물어보면 되지만, 코코는 이 모든 감정을 표현할 길이 없기 때문에 이렇게나 다양한 감정들을 '식탐'이라는 것에 대입시키는 게 아닐까?

이렇게 생각하니 코코의 맥락 없는 식욕이 좀 짠하게도 느껴진다. 그래서일까? 배 터지게 먹어도 먹을 걸 더 달라고 할 때 못 들은 척하는 게 너무 큰 죄책감이 든다. 분명 안 주는 내가 잘못한 게 아닌데 말이다. 먹어도 먹어도 늘 먹을 게 모자란 우리 돼강이.

먹어도 먹어도 늘
배가 고픈애

꿀꿀

새가슴 씨
가슴이 콩알만한 아가씨

바람이 불면
오금이 저려

겁이 많아도 너~무 많다.

그저 손을 뻗었을 뿐인데 자기를 때리는 줄 알고 눈을 부르르 떨며 바짝 쫄아서 고개를 숙일 땐, 학대받은 강아지처럼 보인다. 한 번도 때린 적이 없는데 말이다.

어쩌다 하는 부부싸움에 목소리가 높아지거나 어쩌다 딸아이가 혼나는 때, 드라마나 축구 경기를 보다가 흥분을 해서 소리를 지르는 날에는 꼬리를 바짝 내리고 어쩔 줄 몰라 왔다 갔다 하다가 침대 밑으로 호다닥 숨어버린다.

산책을 할 때도 예외는 아니다. 정면으로 불어오는 바람에 놀라 겁에 질려 꼼짝을 못하고 그 자리에 얼어붙어 있다. 또, 갑자기 흰자를 보이며 겁에 질린 표정으로 오금 저려 하며 꼼짝도 못하고 주저앉아버릴 때가 있는데, 이땐 발에 작은 나뭇잎이나 종이가 살짝 붙어 있는 경우이다.

이뿐만 아니라, 코코에게는 가수 샤이니 '키'의 반려견 가르송에게 있는 '그릇 포비아'가 있다. 그릇 포비아는 그릇에서 나는 소리가 무서워 그릇 근처에 못 가는 '그릇 공포증'을 말한다.

정신없이 밥을 먹다가 몇 번 그릇이 뒤집어지는 걸 겪은 후, 그릇 근처에도 가지 못하고 낑낑거리기 시작했다. 괜찮다며 유인도 해보고, 내가 그 밥그릇에 직접 얼굴을 묻고 먹는 척을 해봐도 코코의 그릇 공포증을 없앨 수는 없었다.

결국 다른 그릇으로 바꿔주고 손으로 사료를 한 알씩 집어 입에 넣어주는 수고를 몇 주 동안 반복한 후에야 공포의 그릇 포비아로부터 벗어날 수 있었다.

밥그릇
소리가 무서워

코코는 여러 가지로 특이한 점이 많은 아이다.

옷을 입히는 날에는 그 옷이 티셔츠이건, 조끼이건, 패딩이건, 후리스 점퍼이건 간에 지켜야 할 철칙이 있는데, 바로 옷 밑단을 접어 올려 상반신까지만 옷이 몸에 닿도록 해야 한다는 점이다. 옷이 엉덩이까지 다 덮여 있으면 '얼음'이 되어 꼼짝을 못한다.

그래서 옷을 접어 올려 반만 가려지게 입힌다. 늘 완벽한 '하의 실종룩'으로 집을 나서지만, 걷다 보면 접어 올렸던 옷이 흐늘거리며 펴지면서 엉덩이를 덮게 되는데, 그 순간에는 늘 가던 길을 멈추고 '얼음'이 되어 옴짝달싹을 못하고 있다. 귀엽고 예쁜 다양한 스타일의 옷을 입혀주고 싶은데, 늘 통통한 배가 드러나는 하의 실종을 해야만 마음이 편해지는 아이라 참 아쉽다.

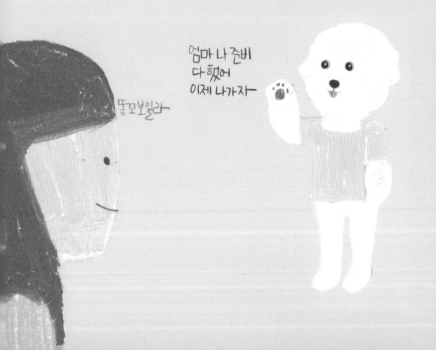

언제나 나에게 몸을 딱 붙이고 온전히 나에게만 의지하는 간이 콩알만 한 우리 '새가슴 씨'를 볼 때면 그렇게 애처로울 수가 없다. 겁쟁이 쫄보 강아지 코코에게 이 세상의 전부이자, 울타리이자, 안식처는 바로 '나'. 내가 우리 비숑 딸 코코를 사랑하는 것은 너무나 당연하지만 신경 쓸 것도 많고, 하고 싶은 것도 많고, 할 일도 많고, 애정을 쏟을 것도 많은 나라서 이 세상의 전부가 코코일 수는 없다.

강아지는 애초에 사람과의 밀당에서 너무 지고 태어나는 것 같다. 자기를 돌봐주는 대상이 세상의 전부가 될 수밖에 없으니 말이다. 그럼에도 억울해하거나 서운해 않고 있는 그대로의 나를 온전히 믿어주고 의지하는, 말 그대로 '추앙'해주는 강아지라는 존재.

코코의
우주는 엄마

괜찮아
엄마가
지켜줄게

엄마
이 세상은
무서운게
너무많아

찡찡이
말귀를 못 알아듣는 에미가 답답한 코코

갑자기 찡찡댄다. 이럴 때 제일 답답하다. 뭔가를 원하는데 내가 그걸 알아채지 못해서 답답한가 보다.

나를 보며 찡찡, 끄응 끄응하다가 짜증난 듯 거친 숨을 쉬다가 주변을 맴돌고 핥고 앞발로 나를 긁다가, 집요하게 징징댄다. 자신이 뭘 원하는지 알아듣지 못하는 엄마를 보며 발을 동동 구르는 개 딸의 마음도 답답하겠지만, 뭘 원하는지 당최 알아듣지 못하겠는 나의 마음도 답답해서 미칠 지경이다.

정말 말이 통했으면 싶은 순간이다. 징징대는 이유를 말해주지 못할 걸 알면서도 "우리 찡찡이 왜 그래? 왜~왜왜왜왜~"라고 끊임없이 묻는다. 한참을 찡찡대도 내가 알아채지 못하면, 체념한 듯 엎드려 한껏 짠한 표정으로 나를 바라보다 스르르 잠이 든다.

강아지가 하는 말을 정확하게 해석해주는 해석기가 있었으면 좋겠다. 배 아파 낳지는 않았지만, 가슴으로 낳은 아이와도 같은 존재인 개 딸과 의사 소통이 되지 않을 때의 속상함은 이루 말할 수 없다.

어휴
답답해
도대체 왜
내 말을 못 알아들어?

삐순이
마음이 코딱지만한 우리 개 딸

엄마랑 언니랑 같이 간다고 마냥 좋아서 따라 나섰는데, 그곳이 병원이었던 날은, 그 배신감에 거리 두기를 한다. 지을 수 있는 가장 침울한 표정으로 식탁 밑이나 소파 밑 구석으로 들어가 엎드려 눈알만 굴리고 있다.

또 내가 정신없이 일만 하는 어떤 날, 문득 발 밑을 보면 온갖 인형들로 가득할 때가 있다. 놀아 달라고 끊임없이 인형을 물고 왔었나 보다. 그제서야 발 밑에 있던 인형을 툭 던져줘도 '흥, 나랑 놀 기회는 이미 지나갔어!' 라는 표정으로 구석에 턱을 괴고 누워 꼼짝하지 않는다.

그 모습이 마치 조랭이떡 같아 웃음이 나지만, 꾹 참고 놀자고 불러본다. 그 좋아하는 간식으로 꼬셔봐도 미동도 없다. 오히려 귀찮다는 듯 식탁이나 침대 밑으로 들어가버린다. 나오라고 아무리 불러도 대답도 없다.

미안해

　결국 나는 코코가 있는 곳으로 내 몸을 구겨 넣고 마치 좁은 다락방에서 소중한 보물 상자를 꺼내듯 조심스럽게 코코를 슥-슥 조금씩 밀어 구석에서 꺼내 품에 안고 나온다.

　"미안해. 우리 삐순이~ 엄마가 잘못했어~ 화 풀어~ 엄마가 서운하게 해서 미안해. 우리 삐순이~"라고 말하며 한껏 삐져 있는 코코를 쓰다듬어주며 달랜다. 뭔가 자기가 우선 순위에서 밀렸거나, 자기에 대한 관심이 덜한 날이나, 병원에 가거나 목욕을 하는 등 원치 않는 걸 억지로 시킨 날은 어김없이 삐지는 코코. 이럴 땐 코코와 대화가 통해서 오해를 풀어줄 수 있다면 얼마나 좋을까 싶다

아기 강아지 둘리
늘 혀를 쭉 내밀고 있는 모습, 마치 둘리

늘 혀를 둘리처럼 내밀고 있어서 부르는 애칭이다. 뭔가 먹고 싶을 때나 깊은 잠에 빠졌을 때는 혀가 두 배로 나와 있다. 오히려 생김새는 둘리 친구인 도우너의 곱슬머리에 뚱뚱한 배, 그리고 동그란 얼굴과 똑 닮았지만 말이다. 보기에는 그 모습이 너무 귀엽지만 이는 사실 구강 구조상 위아래 턱의 길이가 다른 부정교합 때문이다. 혀가 늘 나와 있기 때문에 엄청 건조할 수밖에 없다. 건조하면 갈라질 수 있고 갈라짐이 심해지면 상처가 되고 최악의 경우에는 세균 감염 까지 될 수 있기 때문에 건조해지는 걸 막기 위해 항상 물을 먹을 수 있게 챙겨줘야 한다.

코코는 떠 놓은 지 몇 시간 지난 물은 목이 말라도 절대 안 마시기 때문에 2~3시간 간격으로 꼭 물을 갈아줘야 한다. 나의 외출이 늘 길어도 4시간 안에 끝날 수밖에 없는 이유이다.

예전 딸이 어렸을 때, 외출을 했다가도 하원이나 하교 시간에 맞춰 눈썹을 휘날리며 집으로 돌아왔던 '애데렐라' 시절과 다를 바 없다. '강아지'는 정말이지 사람이 끊임없이 보살핌을 줘야하 는 작고 연약한 존재인 것 같다.

매일 혀를 빠꿈!
마치아기 공룡둘리

예민 보스 양

사람보다 더 예민하고 세심해

최근 사람들의 성격을 11가지로 나누는 MBTIMyer Briggs Type Indicator(자기보고식 성격유형검사 도구)가 유행하고 있는데, 강아지 성격 유형 검사인 DBTIDog Behavior Type Indicator가 있을 정도로 강아지도 사람처럼 저마다의 성격이 다 다르다.

DBTI는 총 16개의 유형으로 분리되고 있다. 코코는 WNEL형으로 '까칠한 지킬 앤 하이드' 유형이다. 말하자면 예민함의 최고봉, 모든 면에서 예민한 아이라고 할 수 있다. 우선 코코는 새로운 환경에 두려움을 가지고 있어, 아무 데에서나 방뇨와 방변을 못하고 집에 있는 배변판 위에서만 한다.

여행을 가거나 긴 외출을 할 때마다 쉬와 응가를 참는 코코가 너무 안쓰럽다. 견디기 힘들어 몸을 부르르 부르르 떨면서도 쉬를 참고, 쉼 없이 방귀를 뀌면서도 응가를 참는다. 이렇게 힘들어 하면서도 집에 갈 때까지 참는다. 여행을 가거나 긴 외출을 할 때에는 집에 있는 배변판을 꼭 챙겨 나가야 한다. 그마저도 집이 아닌 곳에서는, 배변판 앞에서 "괜찮아. 할 수 있어"라고 응원을 해주며 한참을 안심시켜야만 겨우 겨우 볼일을 본다. 또 코코는 가족과 떨어져 집이 아닌 곳에 있을 때 그 예민함이 발현되기 때문에 애견 호텔은 꿈도 못 꾸고, 외할머니네(엄마네)에 부탁하는데, 외할머니네서조차 밤새 현관 앞에서 잠들지 못하고 가족을 기다린다고 한다.

막상 함께 여행을 가도 밤새 잠을 설치며 불안해하는 모습을 보인다. 낯선 환경을 불편해하는 코코 때문에 함께도, 따로도 여행을 마음 편히 갈 수가 없다.

예전 코코가 중성화 수술을 하기 전, 몇 날 며칠을 식음전폐를 하며 평소와는 다르게 우울해하고 예민해져서 어쩔 줄 몰라 하거나 손이 닿지 않는 침대 밑에 제일 구석으로 들어가 아무리 불러도 나오지 않았던 적이 있었는데, 걱정되는 마음에 병원에 데리고 갔더니, 상상 임신이었다.

코코를 보며 강아지도 사람처럼, 아니 사람보다 더 사람 같은 섬세한 감정을 가지고 있는 존재라는 걸 알게 되었다. 애초에 둥글 둥글 무딘 성격이었으면, 자기도 훨씬 편했을 텐데 모든 면에서 예민한 아이라서 더 짠하고 안타깝다.

난 밖에서는
못해
힘들지만
참을래

왠지
너에게서
짠내가 나 —

찾은이
너무 시원찮아서 짠해

연기를 하는 건지, 원래 그렇게 생긴 건지 알 수 없지만 코코는 자신의 콘셉트를 '짠내'로 잡은 것 같다.

가만히 누워 있어도 짠해 보이고, 앉아서 쳐다볼 때도 그렇게 짠할 수가 없다. 잔뜩 찌그러진 얼굴로 나를 바라볼 때면, 물론 얼굴이 아니라, 털이 찌그러진 거겠지만 왜인지 눈썹은 축 내려가 'ㅅ' 자로 보이고 왜인지 눈은 항상 잔뜩 겁을 먹은 듯 흰자를 많이 보인다.

그런 표정으로 어기적 어기적 걷는다거나, 몸을 동그랗게 말고 누워 있을 땐 꼭 힘 없이 등을 구부리고 있는 것만 같아 어깨가 축 처진 사람의 모습처럼 짠해 보인다.

하물며 나이도 더 어리고 덩치도 자기의 2분의 1밖에 안 되는 사촌 강아지 '초코'에게 서열에서 밀려, 나에게 꼭 붙어 나를 빽삼고 있지 않으면 무서워서 도망을 간다.

산책을 하다가도 조금 지치면 계속 올려다 보며 신호를 보낸다. 나와 눈이 마주치면 멈춰서 양쪽 앞다리를 올리고 내 다리를 긁어댄다. 이제는 자기를 안아 달라고 말이다. 그 표정이 너무나 애처로워 무시할 수가 없다.

예민함과 트라우마 콤보로 생겨난 겁쟁이 쫄보의 다양한 하찮은 모습이 너무 짠하지만 너무 귀엽다. 우리 찮은이 씨는 내가 지켜줄게.

(괜히
겁이 나
피해야지)

언니
나랑
놀자

배까쭈 씨

배 까는 게 세상 어려운 아이가
배를 까주는 유일한 시간

매일 아침 딸이 등교를 위해 집을 나서면 같이 베란다 창문으로 달려가 창밖으로 보이는 딸에게 인사를 하고 둘이 짠 듯 침대로 달려가 눕는다.

옆에 누운 코코의 머리를 쓰다듬어주다가 천천히 귀와 목, 다리를 주물러주면 '슥'하고 배를 깐다. "우리 배까쭈 씨, 너무 예쁘다~"라며 배를 한없이 문질러준다. 코코가 깐 배를 문질러줄 때면 몽글 몽글 마음이 따뜻해지는 게 느껴진다.

코코는 강아지가 순종의 의미로 하는 행동이라는 '배를 까는 것'을 아주 힘들어한다. 뒷다리 쪽을 만지려고 하면 흠칫 놀라며 몸을 움츠리는 행동을 하는데, 3번의 슬개골 탈구 수술로 인한 트라우마로 배 안쪽을 뒤집어 보이는 것에 거부감을 느끼는 게 아닐까 싶다.

코코가 2살이었던 어느 날, 산책 중에 잘 걷다가 갑자기 '끼깅' 하면서 주저앉았다. 무슨 일인가 싶어 살펴보는데 또 멀쩡히 잘 걸어서 순간적으로 '어디 놀란 건가' 하고 집으로 갔는데, 몇 시간

뒤 잘 놀다가 자지러지는 듯한 비명을 지르며 안절부절하기 시작
했다.

　너무 놀라 병원에 가서 엑스레이를 찍어 보니 '슬개골 탈구' 판정.
뒷다리 왼쪽은 3기, 오른쪽은 4기라 바로 수술하는 게 좋다고
하시며 따로 할지 같이 할지 선택을 해야 한다는 말에, 한꺼번에
하면 아예 걷지도 못할 생각을 하니, 코코가 너무 힘들어할 것 같아
급한 오른쪽 뒷다리부터 수술을 하기로 했다. 첫 번째 반려견
토토를 '마취'로 인해 하늘나라에 보낸 트라우마 때문에 코코의
중성화 수술도 못 시키고 있던 시기라 긴장이 100배는 더했다.

첫 수술을 무사히 받고 오른쪽 다리가 회복되고 난 지 얼마 지나지 않아, 수술을 미뤄뒀던 왼쪽 다리의 통증도 심해져서 결국 두 번째 슬개골 수술을 받았다. 한 쪽씩 수술을 받고 슬개골 탈구 예방을 위해 생활 습관도 바꾸며 애를 썼다. 그로부터 1년 후, 평소와 다르게 안절부절못하는 모습을 보이길래 병원에 데리고 갔더니 이번에는 허리 디스크 판정.

다행히 허리 디스크는 심하지 않아서 약물치료가 가능한데 디스크의 원인이 왼쪽 다리의 슬개골 탈구 때문이라 또 수술을 해야 한다고 했다. 그리고 마취를 하는 김에, 미루고 미뤘던 중성화 수술까지 함께 받게 되었다.

이렇게 2년 여에 걸쳐 세 번이나 슬개골 탈구 수술을 한 코코는 아마 뒷다리에 대한 불안감 때문에 배를 뒤집는 게 안심이 안 되고, 세상 큰일이 생길 거라는 생각을 하는 것 같다.

그런 아이가 마음을 푹 놓고 배를 보여준다는 것은 얼마나 나를 믿고 있는지, 얼마나 나를 사랑하는지 그 마음이 온전히 나에게 와닿는다. 하루 일과를 시작하기 전 매일 루틴처럼 '배까쭈 씨'와 교감을 나누며 하루를 행복하게 보낼 힘을 충전하는 소중한 시간이다.

배 까는 게
세상 제일 힘든 애

아무 때나
오는 기회가 아니야

이때 만져둬 ~

띤땡아
작고 소중한 나의 둘째 아가

열대야의 어느 날 밤. 숨을 너무 심하게 헥헥거려서 금방이라도 숨이 넘어갈 것 같던 밤. 곤히 자는 가족들의 잠을 깨울까 조용히 거실로 데리고 나가 예전 딸아이가 고열로 고생할 때 밤새 보살펴 줬을 때처럼, 온몸에 미지근한 물을 살살 묻혀 한 손으로는 부채질을, 다른 한 손으로는 코코를 안고 걱정스런 마음으로 밤을 지새웠다.

무려 6.7kg의 거대 아기를 몇 시간 안고 있었더니 감각이 무뎌지며 팔이 떨어져 나갈 것만 같았지만, 이 에미의 수고를 알았는지, 더 이상 헥헥거리지 않고 쌔근 쌔근 품에 안겨 잠이 든 코코의 모습은 마치 작고 귀엽고 소중한 신생아 시절의 딸을 떠오르게 했다.

다음 날도 눈을 뜨자마자 숨을 헥헥거리는 걸 넘어 헐떡거리며 쉬고 있는 코코를 보고 큰 병이 생긴 줄 알고 놀라 병원에 황급히 데리고 갔다. 초초해하며 결과를 기다렸는데, 진단 결과는 예상치 못했던 '비만'. 코코는 원래도 기도가 좁게 태어났는데, 살이 찌며 기도를 눌러 더 좁아진 데다가 날이 더우니 숨이 차 헥헥거리게 되는 거라고 하셨다.

수의사 선생님의 "몸매 관리에 실패하셨네요. 다이어트 시켜주세요"라는 말에 적잖이 충격을 받았다. 우리 귀요미가 비만이라니. 이 정도 살은 있어줘야 그립grip감이 좋지 않나 싶고 말이다.

이 아이의 모든 게 귀결되는 '먹을 것'을 줄여 굶기라니, 코코에게 청천벽력일 수밖에 없었다. 사료 양을 줄이고, 과일이나 빵 같은 건 주지 않겠다고 다짐했지만, 초롱 초롱 나를 바라보는 코코와 눈이 마주치면 자꾸만 마음이 약해졌다.

야
우리 띤띵아~

아파서 혹은 아픈 것 같아 신생아 돌보듯 애지중지 돌봐줘야 하는 경우 말고도 손이 참 많이 갈 때가 있다.

용변을 본 후 응가가 털에 붙어 있는 경우가 가끔 있는데, 그럴 땐 물티슈로 해결이 안 되어 세면대에서 엉덩이를 씻겨줘야 한다. 딸아이의 아가 시절 응가 후 물티슈로 해결이 안 되어 애지중지 안아, 엉덩이를 씻겨주던 기억이 새록새록 떠오른다.

사람이 아닐 뿐이지, 코코는 누가 뭐라 해도 소중한 나의 둘째 아가이다. 아기를 키울 때와 마찬가지로 코코를 입체적으로 바라보게 된다. 밥을 왜 안 먹는지, 왜 자꾸 재채기를 하는지, 왜 안절부절못하는지, 자꾸만 발사탕을 하면 습진이 생기지는 않았는지, 물을 안 마시면 왜 물을 안 마시는지, 똥을 안 싸면 왜 못 싸는지, 잠을 못 자면 왜 잠 못 이루는지, 잠만 자는 날에는 어디가 아픈 게 아닌지, 자꾸 긁으면 몸에 상처는 없는지… 걱정이 끊임이 없다.

말이 통하지 않기 때문에 코코가 하는 모든 행동들에 걱정을 담게 된다. 강아지를 키운다는 건, 관심으로 지켜보고 정성으로 챙겨주고 사랑으로 바라보며 책임으로 애지중지 키운다는 점에서 아이를 키우는 것과 다를 바가 없다.

아이와 강아지 육아에는 공통점이 많다. 양치, 목욕을 시켜주는 건 물론 끼니를 챙겨줘야 하고 잠을 많이 자지만, 꼭 새벽에 깨운다. 또, 뭐든 일단 입으로 먼저 가져 가는 것 또한 똑같다.

예쁨과 귀여움 한도 초과로 평생 할 효도를 다 한다. 사람 아이는 시간이 지나며 혼자 할 수 있는 것들이 많아지며 자연스럽게 독립을 하게 되는 부분들이 많아지지만 강아지는 평생 동안 사람의 2-3살 지능에서 멈춰 있기 때문에, 오히려 사람 아이를 키우는 것보다 더 오래, 더 꾸준한 정성과 보살핌이 필요하다.

강아지를 키운다는 건
엄청난 사랑과 정성을
쏟는다는 점에서
아기를 키우는 것과
다를 바 없다

락
樂

강아지의 생김새나 행동에서
예기치 않게 생기는 즐거움은 끝이 없다
때론 황당하고 때론 어이없게 터지는 웃음.
그 즐거움에서 생겨난 애칭들.

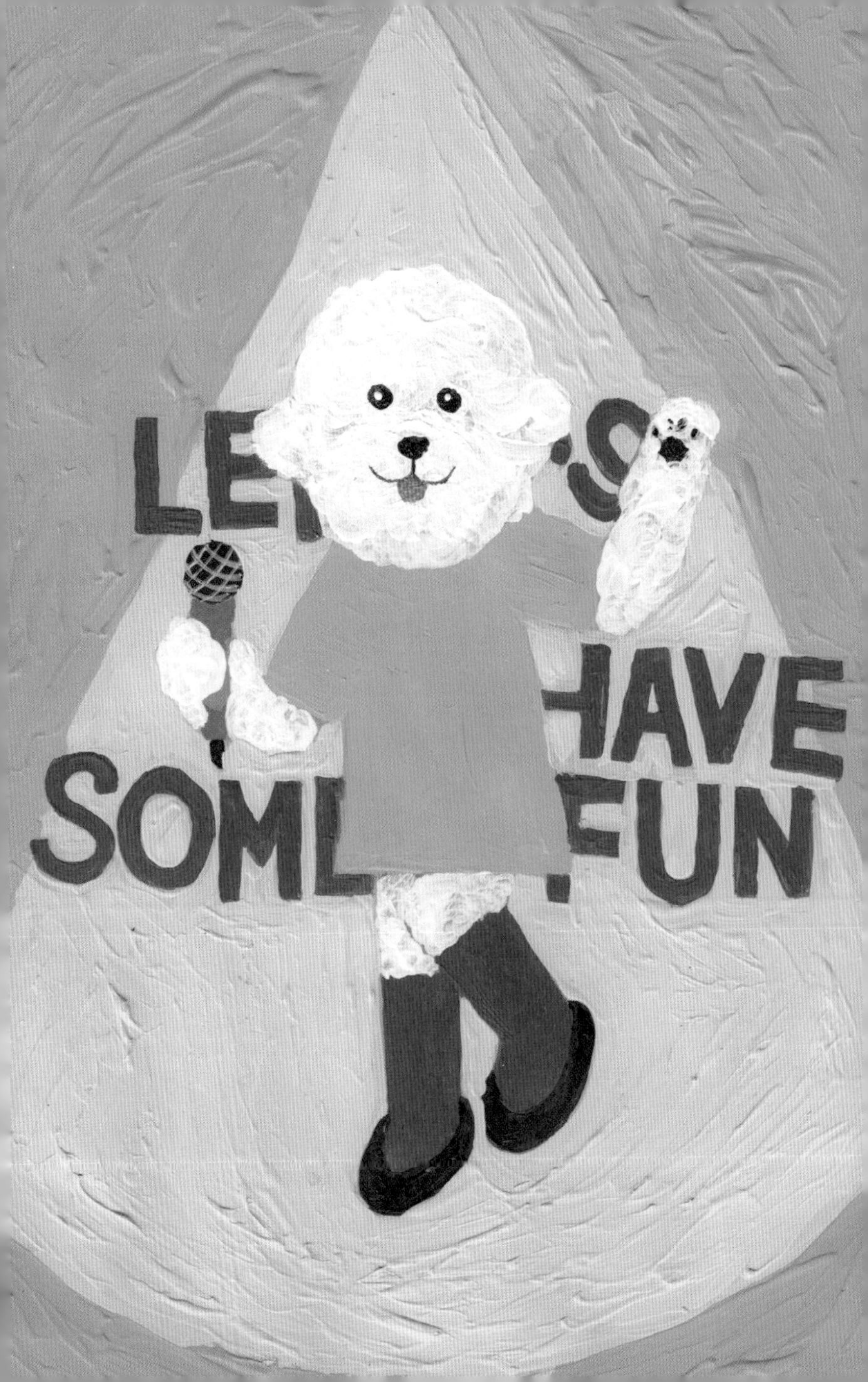
LE S
HAVE
SOM FUN

꼬순내 씨
너에게 나는 꼬순내,
중독되면 끊을 수 없는 합법적 마약

"흔들리는 꽃들 속에서~ 네 샴푸 향이 느껴진 거야~
흔들리는 털들 속에서~ 네 꼬순내가 느껴진 거야~"

목욕한 지 2주를 넘기면 은은하게 풍기던 향기로운 샴푸 향이
아닌, 강아지 특유의 꼬순내가 나기 시작한다.

코를 찌르는 기분 나쁜 비릿한 개 비린내와는 다른, 고소한
누룽지 냄새 같기도, 깊은 곰팡이 냄새 같기도 한(좋은 의미) 특유의
부드럽지만 깊은 꼬수운 냄새가 난다. 이 냄새는 너무 중독성이
강해, 한 번 맡는 걸로는 부족해 수시로, 끊임없이 들이마셔줘야
한다.

중독되면 절대
끊을 수 없는
합법적 마약~

흐음~ 꼬숴

132

'흐으으으읍~' 하고 긴 호흡으로 천천히 천천히 들이마셔주면 꼬순내가 몸 깊이로 들어오는 게 느껴지며 포근함과 안정감이 느껴진다.

이렇게 중독적인 꼬순내는 맡아보지 않은 사람은 절대 알 수 없다. 한 번도 안 맡아본 사람은 있어도, 한 번만 맡아본 사람은 없을 정도로 맡아보면 절대 끊을 수 없는 중독성 강한 강아지 특유의 냄새이다. 코코에게 꼬순내가 나기 시작하면 부르는 애칭, '꼬순내 씨'.

음~ 꼬순내

조신한 여자 갱얼쥐
늘 남자아이로 오해받는 슬픈 강아지

코코가 여자아이인 걸 알게 된 사람들은 "헉! 코코 남자 아니었어?" 라는 반응이 대부분이다.

내 눈에는 너무 예뻐서 한눈에 여자아이로 보이는데, 남들 눈에는 거대한 남자아이처럼 보이나 보다. 예쁜 핀도 꽂아보고, 리본으로 사과 머리도 해봤지만 머리가 뽀글뽀글해서 그런지, 귀엽고 예쁘게 보이지 않고, 꾸몄지만 엄청 촌스러운, 뽀글 파마 아줌마 느낌이 든다. "헉! 코코가 여자아이였어?"라는 이야기를 들을 때마다 너무 속상하다.

조신한 여자 강아지가 듣기에는 너무 억울한 이야기이다. 그래서 내가 자주 불러준다. "우리 이쁜이는 '조신한 여자 갱얼쥐'인데 다들 남자인 줄 알지~"라고 말이다.

한번은 커다란 칼라가 있는 옷을 입혀 외출한 적이 있었는데, "코코한테 이런 여성스러운 옷이 킹 받게 잘 어울리네"라던 친구. 그냥 잘 어울리는 게 아니라, 킹 받게 어울린다는 친구의 말에 공감이 되어 그 자리의 모두가 빵 터져서 웃은 적이 있다.

내 눈에는 여성스러운 옷이 잘 어울릴 수밖에 없는 천상 여자

믿기 어려우시겠지만
조신한 여자 강아지랍니다

갱얼쥐인데 왜 남자아이로 오해하는지 나는 당최 이해가 되질 않는다.

아! 장군처럼 우렁찬 목소리만 빼고 말이다.

이때는 안타깝게 내 눈에도 위풍당당한 사내아이처럼 보인다. 귀엽고 새침한 여자아이 같은 표정으로 애교를 부리다가도, 현관문 밖에서 무슨 소리가 들리면 벌떡 일어나 "월월!" 하고 짖어대기 시작하면 그 우렁찬 목소리에 귀가 따가울 정도이다.

코코의 목소리는 여자아이 같지 않게 엄청 두껍고 우렁차다. 다리에 힘을 잔뜩 주며 '누가 왔어! 누가 온 것 같아!'라는 표정으로 집을 지키겠다며 위풍당당 우렁차게 짖어대면 그 모습은 영락없는 장군의 모습이다. 연약하고 새침한 여자아이의 모습은 눈꼽만큼도 찾아볼 수 없다.

천재견
내가 천재를 키우고 있었어

여느 강아지들처럼 '앉아', '손 쥐', '엎드려', '코', '기다려' 등의 개인기를 하는 건 기본이다. 코코에게는 마치 내비게이션처럼 길을 잘 찾아가는 특별한 재능이 있다.

산책을 하다가, "코코야! 외할머니네 집 어디야? 외할머니네 집에 갈까?" 하면 갑자기 속도를 내며 달리기 시작한다. 앞장 서서 내 달리는 대로 따라가보면,
진짜로 우리 앞 동에 사시는
엄마네 집 앞에서 꼬리를 흔들며
나를 쳐다보고 있다.

'엄마! 여기 외할머니네 집이야! 얼른 문 열어줘'라는 표정으로 말이다.

처음엔 우연인 줄 알았는데, 확인하고 싶어 외할머니네 집이 어디냐고 나갈 때마다 물어본다. 어느 방향에서 가던 백발백중이다. 이럴 땐 "우리 천재견, 참 대단해"라는 칭찬이 절로 나온다.

사실, 코코에게 가장 천재적인 점은 이 모든 개인기를 척척 할 수 있는 애가 귀찮을 땐, 모든 걸 모르는 척, 못 들은 척 바보인 척한다는 점이다.

여기잖아!
나 천재지?

덤보 양
완벽한 채식, 하지만
엄청 먹는 코끼리와 똑 닮은 체질

오이, 당근, 파프리카… 모든 종류의 채소를 다 좋아하는 코코. 특히 양배추, 배추는 코코의 최애 간식이다. 식단 관리에 실패해 비만 강아지가 된 우리 코코는 다이어트를 해야 하는 아이라, 식단 조절을 위해 간식으로 채소를 준다.

결론적으로 코코에게는 다이어트 식단이라고 말할 수 없다. 파프리카도 얇게 자른 조각을 하나 주면 어느새 다 먹고 와서 또 달라고 조른다. 하나 둘 셋 넷….

조르면 조르는 대로 다 주고 나면 파프리카 반 개는 후딱 먹어 치운다. 양배추도 반의 반 통을 먹어 치우는 건 껌이고 알배기 배추도 한번에 반 통까지 먹어 치운다. 우리 '코끼리 덤보 씨'는 야채로 살을 찌우는 격이다. 마치, 완벽한 채식을 하지만 한 덩치 하는 코끼리처럼 말이다. 게다가 하는 짓이 둔하고 뚱뚱한 게 귀엽고 멍청해 보여 부르는 애칭 '덤보 양'.

이 세상에서
폭력이 제일 싫은
평화주의견

평화주의견
평화, 그보다 중요한 건 없다!

코코는 그 어떤 일말의 무력이나 폭력도 받아들일 수 없는 완벽한 평화주의자, 아니 평화주의견이다.

친구와 이야기를 하던 중 너무 재미 있다고 깔깔대며 내 어깨를 탁탁 치며 웃었는데, 무릎에 있던 코코가 "아르릉" 하며 짖었다. 왜 엄마를 때리냐고 항의하듯 말이다.

옆에 껌딱지처럼 붙어 자고 있는 코코가 너무 귀여워 엉덩이를 톡톡 하고 두들겼는데, 하얗게 질린 표정으로 벌떡 일어나 침대 밑으로 기어 들어갔다. 살짝 두드린 건데 너무 화들짝 놀라며 그 자리를 떠 버리니 여간 당황스러울 수가 없었다.

한번은 일을 하던 중 어깨가 너무 아파서 주먹으로 내 어깨를 툭툭 하고 쳤는데, 무릎에서 자고 있던 코코가 벌떡 일어나 줄행랑을 쳤다. "우리 평화주의자가 놀랐어? 미안해. 이리와~"라고 매번 달래보아도 겁을 잔뜩 먹고 경계를 한다.

누군가의 폭력 앞에서 엄마를 지키는 용감한 개들도 많던데, 겁쟁이 쫄보 코코에게는 감히 기대할 수 없다. 평화주의견 코코 앞에서는 그저 평화적인 사람이 될 수밖에 없다.

관종 씨
관심받기 싫지만, 관심받고 싶은 아이

코코는 자신에게 온 관심이 집중되어
있을 땐, 그 관심을 부담스러워하며
침대 밑이나 소파 밑으로 숨어버린다. 반대로
가족이 각자 다른 일을 하느라 아무도 자기에게
관심을 가져주지 않을 땐, 항상 은근~하고 은은하게
자신의 존재를 드러낸다.

가족이 모여 있는 거실의 한가운데 누워서 자는 척을 하거나,
가족의 눈에 띄는 자리를 찾아 다니며 "나 여기 있어! 나 아는 척
좀!" 하는 눈빛으로 누군가 알아봐주기를 바라며 누워서 눈알을
굴리고 있다.

잘 때 역시 마찬가지이다. 처음 잠들 땐 분명히 사람 손이 닿지
않는 발 밑에서 자거나 침대 밑으로 들어가서 자는데, 새벽에
뭉근한 덩어리가 느껴져서 눈을 뜨면, 슈퍼킹 사이즈의 침대
가운데에서 크게 한자리 차지하고 자는 코코를 발견하게 된다.

남편은 침대 끝에 납작 매달려서, 자신이 벽에 쥐포처럼 붙어서
비좁게 자고 있다는 걸 자각할 때마다 어이없는 상황에 실소를

존재감
감인듯 감

터뜨린다. 가족에게 격한 관심을 받고 싶을 땐, 괜히 나에게 급히 달려와 안기며 "아르르릉!" 하고 나를 빽삼아 다른 가족에게 시비를 건다.

처음에는 제 억울함을 이르기 위해 달려오면 "우리 애기한테 누가 그랬어"라며 편을 들어주기 시작했는데, 이제는 자기의 존재감을 어필하고 싶을 때 저렇게 제 편을 들어주는 사람을 빽 삼아 "아르르릉" 하고 상대에게 위협을 가한다. 지금은 그 반응이 재미 있어서 아무 이유 없을 때도 갑자기 코코를 안고 "누가 그랬어! 누가 우리 애기한테 그랬어?"라고 소리치면 '코코둥절'한 표정을 지으면서도 "아르르릉" 하며 위협을 한다.

한번은 코코를 안고 있던 딸이 나를 향해 코코를 들어올리며

오구오구 무서워라
=)

나 완전 든든하거든!
건들지마! 엄마한테
다 이를거야!

"누가 그랬어! 누가 우리 애기한테 그랬어?"라고 했더니 나를 향해 "아르르릉" 하며 대거리를 했다. 이에 곧바로 딸에게 안겨 있던 코코를 건네받고 딸을 향해 방금 딸이 했던 대로 "누가 그랬어! 누가 우리 애기한테 그랬어?"라고 했더니 언제 나한테 덤볐냐는 듯 딸을 향해 "아르르릉" 하며 대거리를 해댔다. 몇 번이고 나와 딸 사이를 왔다 갔다 하며 '누가 그랬어'를 외쳐주는 가족을 빽 삼아 상대에게 개기는 걸 반복했다.

그 모습이 마치 의리는 눈꼽 만큼도 없이 상황에 따라 금세 편을 바꿔 먹는 간신배 같아, 딸과 한참 동안 배꼽을 잡고 웃었다.

날쌘돌이
손흥민 저리 가라 할 재능 발견!

·

다섯 살인 코코는 나를 닮아 엉덩이가 무거워 움직이는 걸 별로 좋아하지 않는다. 그런 코코가 미친 듯 텐션이 올라가는 순간은 바로 공을 발견했을 때. 코코가 공을 유난히 좋아하고 놀라운 드리블 실력이 있다는 것을 넓은 잔디밭이 있던 캠핑장에서 우연히 알게 되었다.

잔디밭에 탱탱볼이 굴러다니길래 아무 생각 없이 발로 찼는데, 하네스를 차고 옆에서 걸어오던 코코가 그 공을 보고 갑자기 달려나갔다. 그 모습이 너무 신기하면서도 재미 있어서, 공을 계속 차줬더니 신나서 지치지도 않고 공을 몰면서 그 넓은 잔디밭을 뛰어다니는 모습은 마치 손흥민과도 같았다.

공놀이를 할 때는 평소에는 보지 못하는 날쌘 모습을 볼 때마다 "날쌘돌이~ 아주 잘했어!"라며 칭찬을 해준다. 공을 좋아해서인지 동그란 블루베리를 간식으로 바닥에 던져주면 데구르르 굴러가는 걸 잽싸게 쫓아가 입에 넣었다 굴렸다 하며 먹는 것을 재미 있어 한다. 굴려주는 블루베리를 입으로 척척 받아내는 게 코코의 장기 중 하나이다.

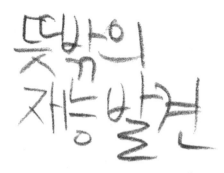

뜻밖의 재능발견

공이 제일좋아

엄마 나
잘하지?

동그라미 씨

머리부터 발끝까지 동그라미 씨

얼굴이 동그란 코코는 얼굴뿐 아니라 엉덩이, 똥꼬까지 동~그랗다.
예전에 전현무 님이 모델로 나와 재미있는 표정과 춤으로 인기
있었던 광고 오로라민씨의 CM송의 가사 중 '머리부터 발끝까지
오로라민씨~"

　머리부터 발끝까지 다 동그란 코코를 보면 "머리부터 발끝까지
동그라미 씨~ 동그라미 씨이이~"라며 개사를 해 노래를 흥얼거리게
된다. 전현무 님의 그 모습이 너무 강력하게 남아 있어, 이 노래를
부를 땐 꼭 그 율동을 따라하며 부르게 되는데, 딸은 나의 그
모습을 너무나 극혐한다.

동그리 검댕 먼지?
동그리 검댕 먼지!

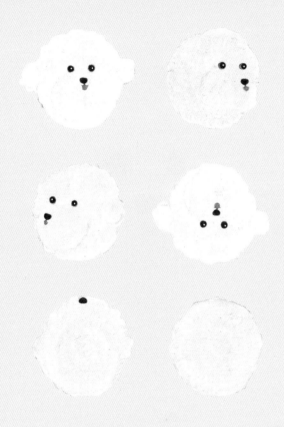

또, 미야자키 하야오의 〈이웃집 토토로〉에 나오는 '동그리 검댕
먼지'처럼 머리부터 끝까지 모든 게 동글동글한 코코가 귀여워
나도 모르게 "동그리 검댕 먼지~ 동그라미 씨"라고 노래하게 된다.

어릴 때부터 움직임 없이 조용하게 한자리에 앉아서 놀았던 딸.
말 없는 남편. 그리고 애교라고는 1도 없는 나. 코코가 없었다면
우리 셋이 사는 집은 얼마나 조용하고 삭막했을까 싶다.

맑은 눈의 광견
맑은 눈의 광인? 맑은 눈의 광견 맞습니다!

코코를 키우며 강아지에게도 여러 가지 표정이 있다는 걸 알게 되었다. 신날 땐 입꼬리가 올라가고 눈이 더 동그래지며 웃는 표정을, 속상할 땐 눈꼬리가 내려가며 침울한 표정을, 무료할 땐 눈에 초점 없이 멍청한 표정을, 그리고 감정이 극대화될 때, 예를 들면 너무 더울 때, 너무 추울 때, 너무 신날 때, 너무 배가 고플 때 흡사 광인의 눈빛이 된다.

궁금한 건 많지만, 대놓고 티를 내고 싶지 않을 때 고개는 15도 다른 쪽으로 돌아가 있지만, 눈알만 궁금한 쪽으로 돌아가 있다. 뚫어지도록 나를 쳐다보고 있다가도 내가 의식하는 순간, 모른 척 고개를 돌려 눈알만 굴린다. 누군가 벨을 누르면 괜히 용맹한 척 흰자를 크게 보이며 짖어댄다.

코코의 눈이 '광인의 눈빛'이 될 때가 있는데, 그건 바로 벌레를 잡았을 때! 뭘 물었다 뱉었다 하는 코코를 보고 어디서 뭘 물어 와서 놀고 있나 싶어 다가갔다가 기겁을 했다.

파르르 파르르 하며 바닥에서 빙글 빙글 돌고 있는 파리를 물었다, 뱉었다를 반복하며 있는 거다!

'죽어가는 파리를 어디서 잡았나?' 하고 말았는데, 그 이후에도 가만히 누워 있다가 벌떡 일어나, 바닥을 주시하다가 호다닥 뛰어다니며 뭔가를 쫓고 있는 걸 보고 '뭘 하는 거지?' 하고 다가가면 눈에 잘 보이지도 않는 날파리나 작은 벌레를 잡고 있다.

백발백중! 아무리 잽싸고 빠른 벌레라도 코코의 타겟이 되면 바로 잡혀버린다. 혹시나 벌레를 삼켜 먹을까 봐 걱정도 되는데, 먹는 게 아닌 건 아는지 사냥한 걸 자랑하듯 내 앞에서 물었다 뱉었다 하기만 한다.

얼마나 신나면 그렇게 맑은 눈의 광견이 되는 걸까?

요즘 순수하게 똘끼가 있는 사람들을 일컫는 말로 '맑은 눈의 광인'이라는 말을 많이 쓰는데 순수하게 특이한 코코한테 너무 '딱'인 표현이라 '맑은 눈의 광견'이라 부른다.

세상은 저리가라
백발백중
성공률 99.9 %

잡았다
요놈!

민들레 홀씨
후! 불면 구멍이 생기는 민들레 홀씨

빗질을 안 해서 엉키고 설키기 시작하면 머리털이 꼬불꼬불 라면 면발 혹은 대걸레처럼 보이는데, 이 상태에서 정전기가 일어나면 그 모습이 마치 민들레 홀씨처럼 보인다.

코코의 머리에 후~후~ 바람을 불어 넣으면 머리 털이 반으로 갈라지는 모습에 늘 웃참(웃음 참기) 실패를 하게 된다. 꼬불꼬불 풍성한 털이 너무 귀여운 머리털을 손가락 사이사이에 넣고 구겼다 폈다. 입으로 불었다 손으로 모았다 무한 반복하게 되는 마성의 '민들레 홀씨'.

자꾸만 만지게 되는 코코의 민들레 홀씨 같은 머리는 몇 해 전 '슬라임'이 나이 불문하고 인기를 끌었던 이유와 같다. 아무 생각 없이 만지고 주물럭거리는 자체로 힐링이 되는, 주물럭거리는 것만으로 묘한 성취감과 심리적 안정감을 주는 게 딱 슬라임에 빠져드는 것과 같은 매력이 있다.

몽실몽실 뭉게구름 같기도, 꼬불꼬불 라면 같기도, 풍실풍실 솜사탕 같기도. 털이 어쩜 이렇게 곱슬거릴까 신기하다. 이토록 곱슬거리는 털 때문에 생기는 웃픈 순간들이 자주 있다.

몽실몽실 뭉게구름 같기모

깔깔 웃을 하면 갈기도

풍실풍실 솜사탕 같기도

뽀글뽀글한 털이 덮여 있는 동그란 엉덩이를 보이며 '도다다다다' 산책을 하는 뒷모습이 마치 천방지축 아기 양의 모습 같아서 " 우리 쉽sheep 새끼 신나쩌요? 오구구 우리 쉽sheep 새끼"라고 딸과 함께 까르르 웃으며 '쉽새끼'를 연발하고 있었는데, 지나가던 사람들이 흘깃 흘깃 쳐다보기 시작했다. 아마 사람들한테는 욕으로 들렸겠지 싶다. 또, 코코가 내 무릎에 누워 있을 때 과자를 먹다보면 그 부스러기가 머리 속으로 떨어지는데, 복실거리는 털이 워낙 촘촘하고 빽빽해서, 한번 떨어지면 아무리 손가락을 넣고 휘저어도 찾을 수가 없다.

산책을 하다가도, 날벌레가 날아들어
코코의 머리 속으로 들어가는데,
그때마다 날벌레들이 빠져나오려고
발버둥치면 칠수록 안으로
빨려들어가며 자취를 감추게 된다.

그게 뭐든 한번 빠지면 절대
헤어나올 수 없는 게 마치,
거대한 블랙홀과도 같다.

염탐쭈 씨 베비쭈 씨
싫지 않은 내 스토커

코코의 시선 끝에는 늘 내가 있다. 24시간 쉬지 않는 까만 콩 3개 CCTV. 은은하고 잔잔하게 항상 내 주위를 맴돌고 있다. '강아지'라는 존재를 빼고 보면 딱 스토킹이라는 단어가 떠오른다. 다른 누군가에게 감시당하면 기분 나쁠 것 같지만 코코에게 감시당하는 기분은 이상하게 싫지가 않다. 벽에 얼굴을 반쯤 가린 채 은근히 나를 안 보는 척 쳐다보고 있다. 눈빛이 느껴져서 고개를 돌려 코코를 쳐다보면, 눈을 확 피하며 안 본 척을 한다.

또, 내가 외출 준비를 하면 은근히 나를 따라다니며 내 시야에 걸리는 곳에 누워 나를 안 보는 척 은근히 쳐다보고 있다. 이때에도 눈빛이 느껴져서 고개를 돌려 코코를 쳐다보면, 눈을 확 피하며 안 본 척을 한다.

적군이 몰래 침투해 상황을 살피는 것처럼 염탐을 하듯 몰래 쳐다볼 때마다 웃겨 죽겠다.

언제 어디서나 지켜보고 있다

까만콩3개
CCTV

자기는 절대 티가 안 난다고 생각하겠지만,
너무 티가 나는 염탐을 할 때면 귀여움에 웃음이 터지고 만다.
'염탐+귀여움+베이비'의 합성어로 '염탐쭈 씨 베비쭈 씨'라
부르며 귀여워할 수밖에 없다.

우쭈쭈 씨
칭찬은 고래도 춤추게 했대!

소심하고 겁 많고 내성적이며 밖에 나가서 충전을 하기보다는 집에서 가족들과 있으며 충전을 하고 안정감을 느끼는 코코. 그래서인지 산책에 큰 니즈가 없는 코코는 슬개골이 약해서인지 오래 걷는 것 또한 별로 좋아하지 않는다. 나가서 조금 걷다 보면, 금세 지쳐 안아 달라고 애처로운 눈빛을 보내기 시작한다.

그럴 땐, 평소보다 한 톤을 올려 "우리 코코 너무 잘 걷네~ 우리 우쭈쭈씨 너~무 잘한다~"라고 칭찬을 하기 시작한다. 그러면 신기하게도 그에 반응하며 눈에 생기가 돌며 신나게 걷기 시작한다. 조금 전까지 안아 달라고 했던 걸 까먹은 듯 잘 걷는다.

약발이 떨어지면 또 안아 달라는 눈빛을 보내는데, 이럴 때엔 모른 척 또 칭찬 세례를 퍼붓는다.

"우리 우쭈쭈 씨 왜 이렇게 잘 걸어? 대단하다~ 우쭈쭈쭈~."

그렇게 몇 번을 반복하면 흥이 나는지 달리기 시작한다.

역시, 칭찬의 힘은 대단한 것 같다. 고래는 춤추게 하고, 코코는 달리게 하니 말이다. 이토록 입이 마르고 닳도록 칭찬을 해야 산책을 좀 즐기나 싶은 코코가, 사회성 만렙의 핵인싸 기질이

다분한 모습을 나타낼 때가 있는데, 바로 산책 중에 강아지 친구를 만났을 때이다.

낯선 사람을 마주치게 되면 겁을 내며 짖지만, 강아지 친구를 마주치게 되면 너무나 반갑게 인사를 한다. 강아지들도 성향에 따라 친구를 만났을 때의 반응이 다른데, 코코는 '친구가 너무 좋아' 파이다.

우선, 코코는 친구와 마주치면 무작정 들이대지 않고 상대 강아지의 성격을 살피며 적극적으로 들이대며 격하게 장난을 치며 인사를 할지, 부드럽고 얌전하게 다가갈지, 상대 강아지의 반응에 따라 다르게 다가간다.

어디선가 비숑은 머리가 커서 다른 강아지들 눈에 못 생겨 보여 인기가 없는 강아지라고 들었던 적이 있었는데, 코코는 예외인 것 같다. 언제나 상대 강아지를 배려하며 다가가는 코코는 완벽한 인싸가 된다. 그렇게 인사를 하고 잠깐 놀다가도 친구가 가야 할 때가 되면 미련 없이 쿨하게 보내준다. 사회성 만렙인 모습이 뿌듯하면서도 신기하다.

친구들과 만나 놀다가 헤어져 돌아설 때마다 "우리 인싸녀, 친구들과 신나게 인사했지~"라며 칭찬을 해준다. 막상 산책 중 친구들을 만나면 이렇게 좋아하는데, 산책을 나가자고만 하면 왜 줄행랑을 치는지 이해가 가지 않을 뿐이다.

친구야 안녕?
같이 놀자ㅣ

똑실신견

전날 야근했거나 과음한 거 아니지?

"드르렁 드르렁" 깜깜한 새벽 그 고요함을 깨우던 소리. 잠결에 옆에서 자는 남편을 흔들어 깨웠다. "코 고는 소리가 너무 시끄러워. 자세 바꿔서 누워봐." 잠시 멈춘 듯한 소리가 또 들렸다.

"드르렁 드르렁" 자세히 들어보니 남편의 코 고는 소리가 아니었다. 소리는 발 밑에서 들렸다. 코코는 눈까지 부르르 떨며 코를 "드르렁 드르렁" 골며 자고 있었다.

한번은, 정신 없이 일을 하다가 "드르렁 드르렁" 소리가 나길래 그 소리를 쫓아보니, 책상 밑에서 잠이 든 코코의 코골이었다. 온갖 장난감, 인형이 책상 밑에 널부러져 있고 '언젠가는 놀아주겠지'라는 기다림에 지쳐 잠이 들었나 보다. 거짓말 아주 조금 보태서 똑실신견의 코 고는 소리에 천장이 무너질 것만 같다. 반대로, 너무 깊이 잠들어 숨소리조차 내지 않는 경우도 있다. 미동도 없이 숨소리조차 들리지 않을 때에는 혹시 죽은 게 아닐까 싶어 덜컥 겁이 나서, 몸을 마구 흔들어본다. "코코야, 자는 거야?" 굳게 닫혀 있던 눈꺼풀이 겨우 열리면 그제서야 안심을 한다. "우리 똑실신견 자는 거였구나~ 푹 자~"라며 등을 두드려준다.

숨 쉬고
있는거지?

마치
기절한 듯 자는
떡실신견

똥쟁이
똥 쌌쪄? 잘했쪄!

좀 더러울 수 있는 이야기이지만, 도대체 하루에 똥을 몇 번을 싸는 건지 모르겠다. 그만큼 뭘 많이 먹는다는 이야기이겠지만 크기 또한 웬만한 사람 아기 응가 사이즈 맞먹는다.

'나 지금 응가한다! 이것 봐! 이거 다 하면 나 간식 주는 거다. 알겠지?'라는 표정으로 응가할 때는 무조건 내 눈을 마주치며 볼일을 본다. 그 기대에 찬 눈빛 때문에, 아기 때 배변을 제 위치에 잘하면 주던 간식을 아직도 못 끊었다.

여기 봐봐
날 봐
나 자켜봐
나 지금 응가 중이야
나 잘하지?
응가 잘하면
간식 줘, 엄마
응가하고 먹는
간식이 제일 꿀맛이야

쉬나 응가를 하면 언어 먹는 간식 때문일까? 찔끔찔끔 나눠
싸며 간식 먹는 횟수를 늘리는 꼼수를 부리는 것만 같다. "오구
똥 쌌쩌~ 잘했쩌~"라며 장단을 맞춰주면 발을 바닥에 비비며
시원해한다. 응가를 한 코코에게 무한 칭찬을 해주는 나를 보던
남편이, 자기는 옆에서 방귀만 뀌어도 냄새 난다고 정색을 하면서
개한테는 냄새 나는 똥을 쌌다고 칭찬해준다고 너무한 거 아니냐
며 말도 안 되게 개와 자기를 비교한다. 너무 어이가 없지 않나?

아마 평생을 똥 싸고도 칭찬을 받는 존재는 이 세상에 강아지
밖에 없을 듯하다.

미저리
음식 집착은 그 어느 때보다
너의 오감을 발달하게 하지

대부분의 강아지가 먹을 것을 좋아하는 건 당연하겠지만, 코코는 먹을 것에 대한 집착이 '미저리'처럼 심하다. 눈에 보이지 않는 어느 구석에 박혀서 늘어지게 잠을 자고 있다가도 무언가 먹는 소리만 나면 어디선가 달려온다.

그 속도가 엄청 빨라서, 미처 물었던 한 입을 다 씹기도 전에 눈 앞에 와 서 있다. 같은 빵을 먹더라도 자기가 먹을 수 있는 식빵이나 베이글 같은 담백한 걸 먹을 땐 번개같이 달려오는데, 샌드위치나 치즈빵 등 양념이나 맛이 강해서 먹을 수 없는 빵을 먹고 있을 땐, 들은 척도 안한다. 같은 비닐 소리를 내더라도, 자기가 먹을 수 있는 과자가 든 비닐 소리와 먹을 수 없는 비닐 소리를 구분한다.

어떤 날에는 코코의 최애 과자 '참깨 스틱'을 코코에게 들키지 않기 위해 살살 녹여 먹고 있었는데, 귀신같이 알고 달려와 눈 앞에 앉아 뚫어져라 내 입만 쳐다보고 있었다. 애가 부담스러워서 마음 편하게 뭘 먹을 수가 없다.

가끔 맡겨지는 외할머니네 집에서는 그야말로 음식에 대한 집착이 폭발한다고 할 수 있다. 끊임없는 코코의 요구에 뭐든 다 내어주는 외할머니 덕분에 늘 배가 터질 것 같은 상태로 돌아온다.

외할머니 댁에 다녀오면 적어도 1kg은 늘어서 오는 것 같다. 작은 몸에 그 많은 음식이 다 들어가는 게 신기할 뿐이다.

2
PART

'멍터뷰'를 통해 알게 된
다채로운 견생의 이야기

하늘 아래
같은 강아지는
없다!

두니

간식이 세상에서 제일 좋아!

꼬똥 드 툴레아 · 4살

엄마 아빠는 물론 오빠 언니의 사랑을 한몸에 받는 막두니(막내+두니 의미의 애칭).

사랑둥이 두니가 세상에서 제일 좋아하는 건 바로 '간식'. 간식으로 온갖 개인기를 다 마스터한 두니는 간식 앞에서 천재견이 된다. 어딘가에서 '간식' 소리가 들리면 순간 이동한 것처럼 잽싸게 그곳에 가 있다.

처음 만난 이모들과도 간식만 있으면 허물없는 사이가 된다. 하물며 애견 카페에서 옆 테이블의 "간식~"이라는 단어를 듣자마자 달려가 꼬리를 흔들며 인사를 해, 천연덕스럽게 얻어 먹고 온다. 붙임성 좋고 구김 없는 두니의 순수한 매력에 빠지면 헤어나올 수 없다.

이토록 순둥 순수한 두니는 바로 '간식' 때문에 죽을 고비를 넘긴 적이 있다. 두니는 어렸을 땐 별로 없던 식탐이 나이가 들수록 생기기 시작했다. 가방 지퍼를 열어 언니 책가방 속 간식을 먹거나, 마치 사람이 깐 듯 야무지게 '마이쭈' 한 통을 다 먹거나, 외할머니

DOONY
COTON DE TULER
4 YEARS OLD

CAN I PLEASE HAVE
SOME SNACKS?
SNACKS ARE THE
BEST THING EVER

가방을 열어서 효소까지 털어 먹은 적도 있었다.

그러다 할머니 댁에 머물던 어느 날, 가족들이 외출한 사이 하이체어에 있던 알밤 한 봉지와 강아지 간식을 다 먹어버린 거다. 결국에 위염, 췌장염, 눈 궤양, 혈뇨, 방광염, 황달, 빈혈까지 생기게 되었다. 사망할 수 있을 정도의 췌장염 수치와 수혈이 필요한 빈혈 수치로 심각한 상황이었으나, 지금은 모두 이겨내고 건강을 되찾았다.

당시 그저 울며 기도할 수밖에 없던 상황에 가슴이 무너지며 미안한 마음뿐이었던 두니 엄마. 나 또한 한 달 사이 두 마리의 강아지를 하늘나라에 보낸 경험이 있고 지금 키우는 코코의 슬개골 탈구 수술로 마음 졸였던 적이 있기에, 두니 엄마가 견뎌냈을 그 시간들이 얼마나 괴롭고 답답한 인고의 시간이었을지 너무나 공감이 간다.

그런 아찔하고 힘든 경험을 했던 이유 때문일까? 엄마는 어떤 특별한 순간보다 너무나도 자연스럽게 일상 속의 한 부분을 차지하고 있는 두니의 존재를 실감할 때 행복하다. 조용한 집에서 엄마 곁에 편안하게 살짝 붙어 있을 때, 혹은 반대로 아주 시끄럽게 아빠와 오빠가 게임을 하고 있고 두니가 그 주변을 터덜터덜 걸어 갈 때, 온전한 한 가족처럼 느껴지며 진한 행복을 느낀다.

Can I please have some snacks? (snacks are the best thing ever)

두식

출근 8년 차 '프로 출근견'

미니어처 슈나우저 · 9살

키우던 강아지를 다른 집으로 입양 보내려고 했던 엄마의 지인.
보내려던 그 집의 환경을 보고 직접 키우는 게 낫겠다는 생각이
들어 데려오게 된 강아지 두식이.

당시 야근이 일상이었던 엄마의 잡지사 어시스턴트와 프리랜서
시절이라 혼자 있는 시간이 많았던 두식이는 결국 분리 불안이
생겼고, 야근 후 돌아온 집 문 앞에 포스트잇이 붙어 있을 정도로
하울링과 짖음이 심했다. 엄마는 당시 일도 너무 힘들었던 시기라,
불안해하던 두식이와 시간을 갖고 싶어 일을 그만두게 되었다.

그후, 지금의 대표님을 만나 두식이는 '프로 출근견'이 된다.
분리 불안이 있던 두식이를 배려해준 대표님 덕분에 두식이는
엄마와 매일 출근하는 메이트가 되었다. 어느새 과장 연차가 된,
주 5일 근무를 하는 두식이의 하루 루틴은 이렇다.

출근 후 두식이는 고마움을 아는지, 항상 대표님께 달려가 제일
먼저 인사를 한다. 그 다음에는 회사의 다른 이모들 한 명 한 명
을 찾아가서 모닝 인사를 하고 햇볕이 질 드는 창가에 가서 눕는

DOO CHIC
MINIATURE
SCHNAUZER
8 YEARS OLD

I AM A PROFFESIONAL
OFFICE DOG.
I GO TO WORK EVERY DAY

다. 햇살을 받으며 잠을 자다가 사무실이 시끄러워질 땐 자리를 옮겨 책상 밑에 있는 방석 자리로 가서 잔다. 오후 1~2시가 되면 산책 담당 이모에게 가 산책을 나가자고 툭툭 친다.

산책 후에는 사무실 1층 카페와 헤어숍에 들러 한껏 애교를 부려 간식을 얻어 먹고 회사로 돌아온다. 늦은 오후가 되면 밥 담당 이모 앞에 가서 조용히 앉아 혀를 낼름거리며 배고프다는 신호를 보낸다. 밥을 먹고 퇴근 시간이 가까워지면 엄마에게 다가가 앞발로 툭툭 치며 집에 갈 시간이 되었다는 걸 알려준다.

퇴근 후 30분 정도 산책을 하고 집으로 간다. 현관에 들어서자마자 "화장실"이라고 외치는 엄마의 한마디에 화장실로 후다닥 달려가서 발을 닦을 준비를 한다.

저녁 10시가 되면 앞에서 빤히 쳐다보며 엄마에게 자러 들어가자는 신호를 준다. 엄마는 늘 두식이와 같은 방향을 보고 팔베개를 해준다. 배를 살살 만져주면 잠드는데, 만지는 것을 멈추면 더 만져 달라고 손을 툭툭 친다. 그렇게 엄마는 두식이가 잠들 때까지 배를 만져주다 함께 잠이 든다.

다음 날이 되면 어김없이 함께 출근 준비를 한다. 이렇게 8년째 엄마와 함께 출근하는 프로 출근견 두식이. 무려 주 5회 출근하는 강아지라니! 너무나 존경스러울 뿐이다.

코코야, 너도 두식 오빠 좀 본받으렴!

I am a
professional office dog
I go to an office every day
(to work / to play)

로제

유기견에서 세상 행복한 반려견으로

인스타 둘러보기에 랜덤으로 뜬 영상 하나. 멀리서부터 해맑게 웃는 얼굴로 반가움을 표현하게 위해 빙글빙글 돌며 달려오던, 그저 보는 것만으로도 미소가 지어지게 하던 한 강아지. 밀양시 보호소에 유기견으로 들어와 안락사 직전에 있었지만, 다행히 한 유기견 보호단체에서 구조해 서울로 데려와 임시 보호를 받고 있던 영상 속의 그 강아지. 바로 '로제'이다.

강아지를 키울 생각조차 없었던 엄마의 머릿속에 그 영상이 계속 맴돌았다. 당시 엄마는 코로나로 집과 회사만 오가던 시절이었고, 더불어 이직으로 인해 많은 업무와 스트레스에 시달리며 심신이 지쳐 있던 상태에 운명처럼 마음속에 훅 들어왔던 로제를 입양하기로 결심하게 된다.

하지만 생각보다 유기견 입양 조건은 까다로웠고 엄마 아빠는 결격 사유가 너무 많았다. 강아지를 키워본 적도 없으며 아이가 없는 부부였고 (아기가 태어나면 파양을 많이 하기 때문) 둘 다 직장 생활을 해서 집을 비우는 시간이 많았기 때문이다.

ROSÉ
SPITZ MIX
ABOUT 5 YEARS OLD

I BECAME A HAPPY DAUGHTER
FROM AN ABANDDONDED
DOG. I'M THE HAPPIEST DOG

또한 당시 로제가 앓고 있던 심장사상충에 대한 아무런 지식도 없던 엄마는 심장사상충에 대해 공부하고 다시 연락을 달라는 답변을 듣게 된다. 그럼에도 엄마는 포기하지 않고 공부를 한 후 다시 연락을 했고, 마침내 입양이 결정되었다. 그렇게 로제는 엄마 아빠를 만나 '견생역전'을 하게 된다. 세상 따뜻 포근한 '가족'의 품을 알게 되었으니 말이다.

소리에 예민한 로제는 천둥 번개를 세상에서 제일 무서워하고 작은 소리에도 화들짝 놀라는 소심한 겁쟁이에 낯을 가리기도 하지만, 공격성이 1도 없어 어디를 데려가도 순하다고 칭찬받는다. 엄마 아빠와 있을 땐 소심함과 거리가 먼 천방지축 말괄량이 같은 모습을 보이는 팔색조 강아지이다. 특히, 먹을 것 앞에선 그 어떤 체면도, 두려움도 없는 식탐 대장이다.

로제를 데려왔을 당시, 유기견을 입양했다고 다들 좋을 일을 했다고 말했지만, 오히려 행복을 선물 받은 건 엄마 아빠였다고 한다. 처음 강아지를 데려올 때 '유기견'이라는 이유로 덜컥 겁이나 입양을 망설였던 내가 또 한 번 부끄러웠다.

'유기견'의 사전적 의미는 '주인이 돌보지 않고 내다버린 개'를 뜻한다. 사실, 유기한 사람의 잘못인데 '유기견'이라는 단어는 마치 강아지에게 잘못이 있는 뉘앙스가 든다. '유기견' 대신 보호소에서 보호받고 있는 '보호견'과 같은 다른 말로 부르는 게 어떨까라는 생각이 든다.

I became happy from a vagabond dog to the happiest dog in the world

버터
네 덕분에 철들었어

시바견 · 7살

늘 시바견을 키우고 싶어했던 아빠. 언젠가 시바견을 데려오면 이름은 '버터'로 하겠다고 정해놓고 그렇게 3년을 노래 부르던 어느 날, 지인이 가정 분양을 하는 곳에서 시바 4남매 중 막내딸인 아이를 품에 안게 된다. 이때 엄마는 이전에는 한번도 느껴보지 못했던 이상한 감정을 느끼게 된다. 분명히 처음 안아보는 낯선 생명체일 뿐이었는데, 묘하고 따뜻하고 뭉클하고 몽글몽글해지는 감정. 마치 처음 아기를 품에 안았을 때의 그런 감정 말이다.

버터는 어렸을 때부터 지금까지 엄마 아빠를 힘들게 한 적이 단 한 번도 없는, '무색무취'의 강아지라고 표현할 수 있을 정도로 순하디 순한 맛의 아이다. 이렇게 착하고 손이 안 가는 버터임에도 엄마는 처음에 버터를 키우는 게 너무 힘들고 버거웠다.

'나' 하나만 책임지면 되던 삶에서 모든 일상이 엄마의 책임과 관심으로 귀결되는 이 작은 생명체의 삶이 큰 부담으로 다가온 것이다. '난 왜 이렇게 못됐을까? 버터는 나에게 무조건적이고 절대적인데 난 왜 그렇지 못하고 혼란스러운 걸까?'라는 자괴감으로

BUTTER
SHIBA INU
17 YEARS OLD

I AM THE ONE WHO
MADE MOMMY GROW

힘들어했다. 그때의 마음은 버터 엄마가 처음으로 책임지게 된 한 생명에 대한 막연한 두려움 때문이었을 것이다. 나 역시 딸을 제왕절개로 낳고 병원에 입원해 있다가 퇴원을 해서 아기랑 처음으로 단 둘이 밤에 있게 되었던 날, 그 막연한 불안함에 목 놓아 울었던 기억이 있기에 버터 엄마의 마음이 어땠을지 격한 공감이 되었다.

강아지를 키운다는 것은 사랑, 진심, 열정, 책임을 골고루 가져야 한다는 점에서 사람 육아와 다를 바가 없다. 아기 시절만 지나면 손이 덜 갈 거라고 생각했던 엄마는 버터가 성견이 된 후에도 밥을 주는 일, 목욕을 시키는 일, 산책을 시키는 일 등, 평생을 돌봐줘야 하는 존재라고 받아들인 후에야 버터를 삶의 일부로 받아들이게 되었다. 비로소 버터를 일상의 루틴으로 생각하게 된 것이다.

에너지가 넘치는 버터를 위해 퇴근 후에는 집과 가까운 산을 오른다. 3시간 정도 산책을 해야 해소가 되는 버터를 위한 일상 속 루틴이다.

그런 엄마의 마음을 아는지, 버터는 에너지가 넘치는 아이임에도 언제나 캄calm한 텐션을 유지한다. 엄마가 놀아줄 수 있는 타이밍을 정확하게 알고 그때만 텐션을 올려 뛰논다. 퇴근 후 엄마와의 산책 시간을 얌전하게 기다릴 줄 안다. 이처럼 엄마와 버터는 처음부터 꼭 맞지는 않았지만, 엄마의 노력과 그 노력에 똑똑하게 발맞춰준 버터 덕분에 행복한 가족으로 밸런스를 이루며 살아가고 있다.

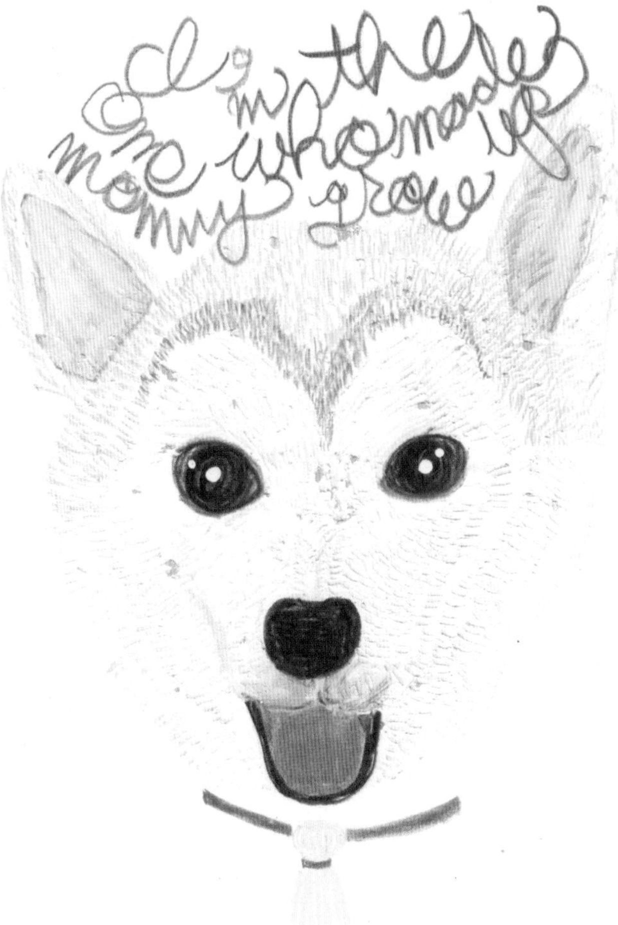
Cleo is the
one who made
mommy grow up

요셉

처음 만나는 사람이 나의 이상형이야!

비숑 · 5살

요셉이는 코코와 같은 견종인 비숑, 게다가 나이까지 동갑이라 코코와 얼마나 같을지, 또 얼마나 다를지 궁금했다. 처음 만나 눈이 마주치던 순간부터 꼬리를 프로펠러처럼 흔들며 반가움을 표현하던 요셉이. 누구에게나 경계심 없이, 잘 안기고 잘 따르는 모습이 너무나 기특하고 한편으로는 부러웠다. '우리 집 금쪽이'라고 부를 정도로 낯선 사람에 대한 경계심이 엄청나며 겁이 많은 코코와는 180도 다른 모습이 신기했다.

요셉이를 보면 누구나 '정말 사회화가 잘되어 있구나, 트라우마나 상처 한 번 없이 온전하게 살아온 아이구나'라는 생각이 들 정도로 구김살이 하나도 없는 사랑스러운 강아지이다.

사실 이런 요셉이에게 믿기 어려운 과거가 있다. 한 번도 힘든 '파양'이라는 상처를 두 번이나 겪은 아이다. 요셉이가 파양을 당했던 이유는 너무 활발해서, 아파서, 입질을 해서, 혹은 못 생겨서 등의 이유가 아니다. 엄마 아빠에게 '사람 아기'가 생겨서였다.

JOSEPH
BICHON FRISE
5YEARS OLD

WHEN I MEET SOMEONE
FOR THE FIRST TIME,
THAT PERSON BECOMES
MY IDEL TYPE

두 번 다 같은 이유로 파양을 당했다. 오히려 이 세상에 아이를 점지해주는 '삼신 할매'처럼 '삼신 요셉'으로 생각하며 더 소중하고 감사하게 아껴주면 어땠을까? 하는 안타까운 마음이 든다.

다행히 지금 요셉이는 사랑과 정성으로 돌봐주는 엄마 아빠 형아 그리고 유기묘였던 누나 고양이 '벤지'와 동생 고양이 '젤리'를 만나 온전하고 완전한 가족으로 행복하게 살고 있다. 지금의 엄마 아빠는 먼저 키우고 있던 고양이들과의 합사가 걱정되어 쉽게 입양을 결정하지 못하고 있었다.

그런 고민을 안은 채 요셉이를 만나러 가게 되었는데, 엄마와 눈이 마주친 그 순간부터 딱 붙어 애교를 부리며 마음을 주던 아이를 뿌리치고 나올 수가 없었다고 한다. 그렇게 인연이 되어 가족이 된 후에는, 첫날 엄마에게 무한 사랑을 주고 갈구하던 요셉이의 그 텐션을 느낄 수가 없어 서운했는데, 알고 보니 요셉이의 이상형은 바로, '처음 보는 사람'이었던 것이다. 누구에게나 먼저 다가가는, 인싸 기질이 다분한 강아지였던 것!

처음 보는 사람은 예외 없이 무조건 경계하고 짖는 아싸(아웃사이더) 강아지 코코와는 성격이 180도 달라 너무 신기한 아이. 같은 비숑이라 모습은 코코와 비슷하지만 성격은 정반대인 요셉이.

when I meet someone that person
the first time becomes my ideal type

195

카이
이 과장 누나를 보러 출근하는
치명적인 몸매의 소유자

토이 푸들 · 3살

카이는 2명의 누나를 두고 있는 이 집의 막내 아들이다. 첫째 누나가 대학을 뉴욕으로 가게 되며 가족들이 공허함을 느끼게 된 시점에 그 빈자리를 가득 채워준 아이다.

처음 강아지를 입양하자는 이야기를 꺼냈을 때, 아빠는 반대를 하셨다고 한다. 결국엔 멍멍이 육아는 자상하고 인정 넘치는 아빠의 몫이 될 게 뻔히 보인다며 말이다. 예상했던 대로 카이가 가족 중 제일 좋아했던 사람은 아빠이다. 그런데 한 달 전부터 카이의 마음에 지각 변동이 일어나기 시작했다.

이 이야기의 시작은 한참 전으로 거슬러 올라간다. 몇 해 전, 가족의 여행으로 집을 비운 일주일 동안, 엄마 회사의 '이 과장' 누나가 카이를 돌봐준 적이 있었다. 그 후 카이는 매일 산책시켜 주고 놀아주고 함께 출근했던 이 과장 누나에게 푹 빠져 가족 그 이상으로 따르는 존재가 되었다.

요즘 바빠진 아빠의 빈자리를 채워주기 위해 엄마는 카이가 믿고 따르는 이 과장 누나를 만나게 해주기 위해 매주 수요일

KAI
TOY PUDDLE
3 YEARS OLD

SUCH AN ATTRACTIVE
FIGURED BOY WHO GOES
TO OFFICE TO MEET SECTION
CHIEF MISS LEE

함께 출근을 하기 시작했고, 두 달째 함께 출근을 했더니 이제는 엄마가 출근할 때마다 자기를 데려 가라고 문 앞에서 기다리고 있다. 카이의 출근길은 언제나 행복하다. 출근을 하면, 이 과장 누나를 만날 수 있기 때문이다.

뿐만 아니라, 일주일에 한 번, 출퇴근을 함께하며 뜨뜻미지근했던 엄마에게 애착이 생기기 시작했다. 함께 출근하기 시작한 지 두 달 만에 엄마에 대한 온도 차가 이렇게나 달라졌다. 이처럼 카이의 마음은 갈대와도 같아서, 그때 그때 자기를 잘 돌봐주는 사람을 최우선으로 따르는, 눈치 100단의 애교 천재 강아지이다.

카이는 일반적인 푸들의 날씬함과는 반대로 토실토실 동글동글한 치명적인 몸매를 가지고 있다. 이런 몸매가 카이만의 사랑스러움을 담당하고 있지만, 먹는 걸 워낙 좋아하고, 먹으면 먹는 대로 금방 찌는 스타일이라 식단 조절을 해야 한다. 끊임없이 관리해야 하는 남자이다.

조금만 긴장을 풀어도 금방 쌀이 찌고 털이 금방 복실 복실해지는 모습, 그리고 음식에 대한 무한대의 사랑과 집착. 카이의 이런 모습은 신기할 정도로 코코와 똑 닮아 있다.

유부
산책이 세상에서 제일 싫은 집돌이

믹스견 · 8살

어떻게 그 철창 안에 있게 되었는지 알 수는 없지만, 뜬장에서 태어나 한 번도 밖에 나오지 못하다가 구조가 되었으며 그 참혹한 현장에서 태어났을 것으로 예상되는 3마리의 형제가 있었다. 바닥이 없이 높이 떠 있는 뜬장은 불안감을 갖게 만들어 스트레스를 주기 때문에 이 공간에 들어가 있는 것만으로 동물 학대라고 말할 수 있다.

엄마 아빠는 이 참혹한 현장에서 구조된 3마리 중 한 마리를 입양했다. 털 색깔이 '유부'색이라 유부라는 이름을 지어준 아이. 유부는 집에 와서도 한동안 늘 구석에 머물렀고 불안해했다.

강아지가 사회성을 배우는 시기는 생후 3개월 이내로 이 시기 동안 사람과의 친밀한 교류가 중요하다고 한다. 이 시기를 고립된 상태에서 보내게 되면 지나치게 겁이 많고 사람을 경계하는 개로 자라기 때문이다. 그래서일까? 철창에서 갇혀 자란 유부는 정서적으로도 많이 부족하게 지낸 유아 시기 때문인지 혼자 있을 때 가장 안정감을 느끼는 것 같았다. 그래서인지 유부는 산책하는 걸

YOUFU
MIX BREED
8 YEARS OLD

TAKING A WALK IS THE
WORST THING. BECAUSE
I'M A HOMEBODY.

극도로 싫어했고, 여전히 싫어한다. 그래서 산책을 하려면, 늘 강아지 형 '뭉치'의 도움이 필요했다.

유부는 뭉치보다 몸집이 두 배는 컸지만 형 뭉치가 군기를 제대로 잡았는지 형에게 찍소리도 한번 못 내는 착한 동생이었다. 뭉치가 앞장서면 한참을 끙끙대다가도 용기 내서 따라 나가곤 했다. 그렇게 유부에게 큰 위로가 되어주던 뭉치 형아는 안타깝게도 작년에 하늘나라에 갔다.

유부는 집에 있을 때 가장 행복해한다. '어쩌면 유부는 지금 살고 있는 '집'이 너무나 아늑하고 포근해서 나가기 싫은 게 아닐까?'라는 생각이 들었다. 작은 철창 속이 세상의 전부였어서 여전히 혼자 있을 때 안정감을 느끼지만, 엄마 아빠에게 절대적으로 의지한다. 이처럼 강아지는 늘 불리한 입장이다. 강아지들에게 있어서 사람은 언제나 절대적인 존재가 될 수밖에 없으니 말이다.

사람들은 개의 충성과 애교를, 개는 사람들로부터 사랑과 보호를 받는다. 이처럼 서로에게 긍정적인 영향을 주고받는다는 것은 분명하지만 다른 한편으로는 유부가 그 열악했던 환경에서 구조되었던 이야기를 들으니, '인간의 욕심으로 인해 지금까지 개들은 사람들의 기호에 맞춰 원하는 이런저런 모습으로 교배되며 새로운 종을 만들고, 그래서 기형이 생기고, 어떤 아이는 코코처럼 슬개골이 약하게, 또 어떤 아이는 이렇게 버림을 받으며 보다 철저하게 인간에게 맞춰오며 인간과의 상호 작용이 높아진 걸 수도 있겠구나'라는 쓸쓸한 생각이 들었다.

Taking a walk is the worst thing because I'm a homebody

조이

대문자 'E'형의 지치지 않는 에너자이저

푸들 · 16개월

연년생 언니를 셋이나 두고 있는 조이는 사랑받는 넷째 딸 막둥이다. 엄마에게는 인생의 첫 반려견인 조이.

큰 언니가 여섯 살 때부터 강아지를 키우고 싶다고 조르기 시작했지만, 연년생 딸 셋을 키우는 상황 때문에 조이를 데려올 때 마지막까지 반대했던 사람이 바로 엄마이다. 지금은 조이가 없는 삶을 제일 참을 수 없는 사람이지만 말이다.

엄마에게 반려견이란 존재는 처음이라 다 어렵고 어색하기만 했다. 모든 것이 버거웠지만 조이 덕분에 웃는 일이 많아졌고, 조이를 산책시키며 전에는 지나쳐버렸던 눈부신 하늘을 보며 아름다운 계절과도 인사를 하게 되었다.

조이는 아직 어려서인지 댕댕거림의 끝을 보이는, 산책을 무려 2시간이나 해도 지치지 않는 에너자이저이다. MBTI의 성향으로 보자면 대문자 'E' 유형에 속하는 스타일이다. 사람이고 강아지 친구고 경계심 없이 다 좋아해서 일단 들이대고 보는 적극적인 스타일이다. 산책하다 만나는 큰 강아지에게는 물론, 고양이에게

JOY
PUDDLE
16 MONTHS OLD

I AM AN ENERGIZER
THAT NEVER GETS TIRED
BECAUSE I'M A CAPITAL
E TYPE

도 다가가 도발하고 잽싸게 도망가는, 겁 없고 누구보다 민첩성이 뛰어난 조이! 반면 얼굴은 순하고 얌전한 '양' 같다는 이야기를 많이 듣는다. 댕댕거림의 끝을 보이는 조이를 보며 지금은 시크하고 움직임이 별로 없는 '코코'도 '저렇게 댕댕거리던 아기 시절이 있었는데…' 싶었다.

산책하다 만나는 친구들 중, 조이처럼 댕댕거리는 강아지 친구들 나이를 물어보면, 99% 아가들이다. 지금은 대부분 텐션이 낮은 코코도 댕댕거림의 최고 정점을 찍으며 감당할 수 없는 무한 에너지에 당황스러웠던 때가 있었다. 강아지의 댕댕거림도 한때라는 생각에 왠지 마음이 찡해진다. 수제비 귀를 휘날리며 쌩쌩 달리던 것도 방전되는 않는 에너지로 내 체력과 멘탈을 털리게 하던 것도, 이가 간지러워 벽지나 전선을 뜯어 혈압을 올리게 하던 것도, 이제는 추억이 되어버린 코코의 지난 한때. 지금 이 순간도 코코의 어느 한때가 되어버릴 생각을 하니 괜히 마음이 조급해진다.

바빠서, 게을러서, 여러 가지 이유들로 우선 순위에서 밀렸던 코코의 하루에 미안해지는 오늘이다. 다시는 돌아오지 않을 코코의 '한때'를 위해 최선을 다해야지.

I'm an energizer that never gets tired because I'm a capital E type

엠비
가족의 역사를 함께한 반려견 그 이상의 존재

이탈리안 그레이 하운드 · 13살

내가 만나본 강아지 중 가장 스윗했던 아이다.

부담스럽게 훅 달려드는 게 아니라, 살포시 다가와 '엠벼들게'(엠비에게 스며들다) 한다. 엠비는 노화로 인해 몸이 불편함에도 불구하고, 사람을 너무 좋아해서 낯선 사람에게도 살짝 꼬리를 흔들며 다가와 살포시 무릎에 앉아 애교를 부리는 스위트 걸이다.

엠비는 함께 살고 있는 '두부', 작년에 하늘나라에 먼저 간 '콩이', 태어난 지 10일 만에 저체온증으로 떠난 남자 아이 '비즈'까지 3남매를 출산한 '엄마' 강아지로, 결혼 전 아빠와 살다가 지금까지 가족의 모든 역사를 함께하고 있는 강아지이다.

엠비와 동갑인 첫째 아이가 태어나 '엄마' 다음으로 했던 말이 '엠비'였을 정도로 엠비는 반려견 그 이상의 존재이다. 이탈리안 그레이 하운드는 수명이 짧아, 엠비 나이인 13살이면 노견이라 할 수 있다. 나이가 듦에 따라 주름도 생기고, 털도 하얗게 변하고, 움직임도 적어지고, 노견 냄새도 나기 시작했으며, 치아에 염증이 생기고, 백내장도 왔으며, 척추도 3, 4번이 붙어 허리가 말려 한쪽

MV
ITALIAN GREYHOUND
8 YEARS OLD

I'M MORE THAN JUST
A PET. THAT SHARED
FAMILY HISTORY

다리를 들고 다니거나 잘 걷지 못하는 몸이 쇠약해진 상태이다. 게다가 좋지 않은 치아 상태로 1년에 한 번씩 스케일링을 받아야 하는데, 수술 중 심정지가 2번이나 온 아찔한 순간을 겪어서, 지금은 어떤 수술도 힘든 상황이다.

이제는 그 좋아하는 산책도 5분 내외로 아주 짧게만 가능하다. 노견으로 사는 건 본의 아니게 엄마를 자꾸만 놀라게 하는 일의 연속이라는 걸, 엠비를 통해 알게 되었다.

노견 엄마로 산다는 건 마음 아픈 일의 연속이지만, 엄마는 엠비를 안타깝게 바라보며 속상해하는 시간 대신, 나이가 드는 걸 자연스럽게 받아들이고 마지막까지 더 사랑해주고 더 아껴주기로 마음 먹었다고 한다.

강아지의 시간은 사람의 시간과 다르게 너무 빨리 흘러서 사람보다 먼저 떠날 수밖에 없지만, 오히려 난 그래서 다행이라고 생각한다. 이 세상을 떠나는 날까지 오롯이 가족의 사랑과 보살핌을 받을 수 있으니까 말이다.

엠비도, 코코도 그리고 세상의 모든 강아지가 영원할 수 없다는 게 슬프지만, 가족과의 수많은 추억, 충만한 사랑을 원 없이 받고 산 행복한 강아지면 좋겠다.

I'm more
than just a pet
that shared family history

두부

내 눈에는 엄마밖에 안 보여

{ 이탈리안 그레이 하운드 · 11살 }

두부는 엠비의 딸이다. 엠비와 같은 듯 다르게 생긴 아이. 완전한
'엄마 바라기' 두부. 여기서 지칭하는 '엄마'는 낳아준 엄마 엠비가
아니라 엠비와 두부를 양육하고 있는 사람 '엄마'이다.

이렇게 모녀 강아지가 함께 살고 있을 때, 아기 강아지는 '사람
엄마'와 '강아지 엄마' 중 누구를 '엄마'로 생각하고 따르는지 늘
궁금했었다.

이번에 엠비와 두부 멍터뷰를 하며 알게 되었는데, 강아지의
모성애는 출산 후 2개월부터 새끼들을 귀찮아하면서 감소하기
시작한다.

그래서 이때쯤 아기 강아지를 다른 곳으로 입양 보내도 어미
개는 충격을 많이 받지 않는다고 한다. 또 두 달까지는 함께 지내
게 하는 게 강아지에게도 정서적으로도 좋다고 한다.

그래서인지 두부와 엠비는 서로에게 별 관심이 없다. 엄마
강아지 엠비보다 2살이 어리지만 11살이므로 똑같이 노견이라고
할 수 있다. 유전적인 영향으로 두부 또한 엠비처럼 3, 4번 척추가

TOFU
ITALIAN GREYHOUND
11 YEARS OLD

MOMMY, CAN'T TAKE
EYES OFF YOU.
(J) ONLY HAVE EYES
FOR YOU

붙기 시작했으며 잇몸 염증도 심해지고 있다.

게다가 두부는 원인 불명의 스트레스로 인해 혈액에 문제가 생겨 각혈도 하고 온몸에 피멍이 들어 증상이 있을 때마다 스테로이드 약도 먹어야 하는 스트레스에 취약한 아이다. 스테로이드 약은 간에도 무리가 가며, 식탐이 폭발하는 부작용이 있다.

한번은 이 식탐 때문에 식탁 위에 있던 '피스타치오'를 가족 몰래 먹어서 죽을 고비를 넘겼던 적도 있다. 때문에 엄마의 걱정은 늘 엠비보다도 두부에게 앞선다. 엠비 역시 아픈 곳이 많지만, 두부의 원인 불명의 스트레스로 생기는 증상에는 정성과 보살핌이 더 필요하다는 생각이 들기 때문이다.

2명의 딸, 2마리의 고양이, 엠비와 두부까지 2마리의 강아지를 키우는, 돌봐야 하는 아이가 6명이나 되는 바쁜 엄마지만, 두부가 스트레스 증상이 있을 때마다 그 마음을 달래주려고 두부와 단 둘이 잠을 자며 정성을 다해 보살펴주고 있다.

이런 엄마의 마음을 알아서일까? 두부의 시선은 늘 엄마를 향해 있다. 귀를 쫑긋 세우고 모든 레이더를 엄마를 향해 열고 있다. 멍터뷰 중에도 건기척이 느껴져 바라보니, 멀리서 뜨거운 시선으로 뚫어지게 엄마만 바라보고 있던 두부.

강아지는 내가 들이는 정성과 마음에 비교할 수 없을 만큼 무한대로 돌려주는, 언제나 '나'라서 바라는 깃 없이 그저 한결같은 마음으로 바라보며 사랑을 주는 존재임이 분명하다.

215

지지

비행 경험이 12번 이상인 프로 여행견

토이 푸들 · 2살 반

엄마 이름 '예지'를 딴 '지지'라는 이름의 강아지. 2살 반밖에 안되었지만, 아티스트인 엄마의 잦은 출장을 늘 쫓아다니다 보니, 다양한 나라에서 다양한 사람들과 만난 경험으로 사회성이 만렙인 '인싸 강아지'이다.

누구에게나 잘 가고 잘 따르며, 특히 누군가 집에 방문하면 그 사람과 친해지기 위해 잽싸게 자기의 최애 장난감을 물어와 가져다 주는, 친화력 최고의 강아지이다.

엄마와 뉴욕에 살지만, 외할머니가 계신 한국을 오가는 비행만 벌써 12번 이상. 지지보다 더 비행 경험이 많이 있는 강아지가 또 있을까? 워낙 자주 두 나라를 오가다 보니, 한국어와 영어를 다 알아듣는, 2개 국어가 가능한 글로벌 인재人材, 이니 견재犬材이다. 거울 속 자신의 모습을 보는 것을 좋아하며 영상 통화 화면의 외할머니를 보고 뽀뽀도 할 줄 아는 똑똑이.

코코는 영상 전화를 하면 늘 죄 지은 사람, 아니 강아지처럼 시선을 피하는데 눈을 마주치며 영상 통화를 한다니, 신기하고

JIJI
TOY PUDDLE
2 AND A HALF YEARS OLD

I'M A PROFFESIANL TRAVEL
DOG I HAVE MORE THAN
12 FLIGHT EXPERIENCES.

놀라웠다.

지지는 끼가 넘치는 강아지이고, 코코는 끼와는 거리가 먼 강아지여서일까? 강아지에게도 사람처럼 자신의 모습을 뽐낼 줄 아는 '끼'라는 것이 있는 것 같다.

세계 각국을 함께 여행해온 지지와 지지 엄마를 보면 정말 대단하다는 생각이 든다. 나 역시 가족과 떨어지면 잠도 잘 못 자는 코코를 생각해서 해외 여행, 심지어 제주도 여행 때 코코도 한번 같이 가볼까 싶어 여러 번 시도해봤지만, 강아지를 비행기에 태우는 것부터, 여행지의 모든 장소가 애견 동반이 가능한 곳이어야 하는 핸디캡 등 이런 저런 고려해야 될 상황들이 너무 많아서 매번 강아지 동반 여행은 포기해왔는데, 세계 각국을 함께 다니는 지지 모녀 이야기를 들으니 나도 코코와 함께 해외 여행을 가봐야 겠다는 막연한 용기가 생긴다.

I am a Professional Travel dog. I have more than 12 flight experiences

JIJI

에뜨왈
피터팬처럼 네버랜드에 살고 있는
최고참 강아지

잭 러셀 테리어 · 15살

파리에서 유학을 하던 시절인 2008년, 전 남친이자 현 남편과
함께 반려견을 입양하고 싶어 가정 분양 등 여러 경로로 강아지
입양에 대해 알아보던 중이었다. 산책하는 길에 우연히 들렀던
매장에 7마리의 '잭 러셀 테리어'가 있었다.

그중 유일한 반쪽 검정이 강아지를 발견하고, 운명처럼 마음에
'훅'하고 들어온 그 아이를 데려올 수밖에 없었다고 한다. 대부분의
강아지는 아기 때의 무한 에너지의 댕댕거림이 나이가 들며 줄어
든다. 또, 산책도 건강상의 문제나 활력이 떨어지며 이전만큼
좋아하지 않게 된다.

하지만 에뜨왈은 15살의 고령의 나이임에도 불구하고 산책과
노즈워킹을 너무 좋아하는 컨디션과 활력을 가지고 있다. 호기
심 또한 여전히 많아서 다른 강아지들에게 무작정 들이대다가
서부하는 친구들에게 상처를 받기도 한다. 이처럼 에뜨왈은 내
가 멍터뷰한 강아지 중 나이는 가장 많지만, 지금까지도 에너제틱
하게 잘 먹고 잘 싸고 잘 자고 잘 노는, 엄마의 걱정을 덜어주는,

ÉTOILE
JACK RUSSEL TERRIER
15 YEARS OLD

I'M THE OLDEST DOG
THAT LIVES IN
NEVERLAND LIKE PETERPAN

여전히 똥꼬발랄한 효녀 강아지이다.

무엇보다 재밌어서 빵 터진 에뜨왈의 특징은, 코코에게 있는 '배꼽 시계'가 똑같이 있다는 점. 심지어 알람이 울리는 시각까지도 정확하게 일치한다. 새벽 6시에는 아침을, 저녁 6시에는 저녁을 달라는 그 정확한 배꼽 시계가 매일 같은 시각 어김없이 울린다는 공통점이 있다. 이처럼 에뜨왈은 엄청난 에너지와 식탐을 자랑하며, 발달한 식탐만큼 두뇌도 발달하여, 사료나 간식이 가구 밑에 들어가면 앞발을 슥 넣어 쉽게 꺼내고, 물 그릇에 물이 없으면 앞발로 긁어서 달라고 소리를 내는 등 앞발을 마치 손처럼 자유자재로 사용하여 많은 것을 해결할 수 있다.

에뜨왈에게 있는 유일한 단점은 단모종의 특징인 '털 빠짐'이다. 365일 털갈이를 하는 듯한 느낌으로 무지막지하게 털이 빠진다. 에뜨왈의 털이 옷에 붙어, 매일 돌돌이로 털을 떼내야 하는 것은 물론, 발바닥에도 가시처럼 박혀 뽑아내야 한다. 15년을 함께 산 에뜨왈 부모로서 이런 단점 또한 자연스럽게 일상으로 받아들이고 엄마는 그저 청소기를 더 열심히 돌릴 뿐이다.

에뜨왈을 보며 마치 피터팬이 사는 영원히 늙지 않는 '네버랜드'에 살고 있는 강아지 같다는 생각이 들었다. 코코보다 딱 10살이 많은 에뜨왈, 10년 후 코코의 모습은 어떨까? 코코도 에뜨왈처럼, 나이가 들어서도 잘 먹고 잘 싸고 잘 자고 잘 노는 강아지이기를, 건강하고 행복한 강아지이기를 간절히 바란다.

I'm the oldest dog that lives in Neverland like Peter Pan

초코

마치 나비족처럼 몸을 꼭 붙이고
엄마와 교감하는 아이

토이 푸들 · 5살

푸들이라는 견종은 크기에 따른 종류도 다양하지만, 털 색깔에 따른 종류도 다양하다. '초코'는 이름에서 직관적으로 느껴지겠지만, 당연히 초콜릿색의 푸들일 거라고 예상할 것이다.

하지만 예상과 달리, 초코는 이름과는 거리가 먼 연한 베이지 '라떼' 컬러의 강아지이다. 2개월 아가 시절의 초코는 털이 진한 갈색이었다. 그래서 크면서 털이 이렇게까지 연한 베이지색이 될 거라는 상상도 못했다고 한다. '초코'색 털을 가졌으며, 우리 개 딸 '코코'의 사촌(피는 안 섞였지만 엄마들이 자매라서 강제 사촌이 됨)이라 '코' 돌림으로 작명하게 된 이름 '초코'. 초코는 모든 사람들의 관심이 자기에게 집중되기를 바라는 귀여운 '관종' 아가씨이다. 사람과 눈만 마주치면 꼬리를 흔들며 다가와 끊임없이 배를 보이는, 온몸에 애교가 장착되어 있는 아이다.

배를 만져주다 멈추면 앞발을 흔들며 더 만져 달라고 한다. 세상 붙임성 있게 딱 붙어 애교를 부리다가도 엄마가 시야에서 벗어나면 깡깡거리기 시작한다. 초코의 모든 관심, 애정, 마음, 애착,

CHOCO
TOY PUDDLE
5 YEARS OLD

I ALWAYS STICK TO MOM'S
BODY AND INTERACT
WITH HER JUST LIKE NAVI

집착의 대상은 오로지 엄마로, 절대적인 존재이자 이 세상의 전부이다. 대부분의 강아지가 자신을 돌봐주는 엄마를 따르는 건 당연해 보이지만, 초코는 그 정도가 더 깊다고 해야 할까?

영화 〈아바타〉에서 나비족이 동물의 신체와 연결되어 교감을 하고 모든 감정을 공유하는 것처럼, 언제나 엄마 몸에 딱 붙어 모든 감정을 교감한다.

이렇듯 늘 엄마에게만 고정되어 있는 초코의 시선과 관심이 조금 부담스러울 때도 있지만, 사춘기 오빠 둘 사이에서 진땀을 빼는 엄마의 일상 속에서 큰 위로가 된다. 존재만으로도 큰 기쁨이 되는 초코.

초코는 토이 푸들로 작고 날씬한 몸매를 자랑하지만, 의외로 편식이 심하다. 야채나 과일은 절대 입에도 안 대고 오로지 고기만 먹는 완전한 육식파이다. 살찌는 음식만 먹는 초코가 날씬함을 유지하는 게 신기하다. 그와 반대로 주식은 다이어트 사료이며 대부분의 간식은 야채만 먹으며 식단 관리를 철저히 하는 우리 코코는 그 몸집이 초코의 2배나 되니 억울할 따름이다. 이래서 타고난 체질이 중요하다고 하는 건가 싶다.

타고나기를 말라깽이로 태어난 초코와 태어나기를 통 대창 몸매로 태어난 짠한 우리 코코.

I always stick with mom's body and interact with her just like now?

벤호
고독을 즐길 줄 아는 강아지

시바견 · 8살

영화 〈벤허〉를 너무나 좋아한 엄마가 언니 오빠 이름인 '호' 자 돌림에 맞춰 지어준 이름 '벤호'.

'정말 인연이 따로 있구나' 생각이 들었던 건, 벤호 족보에 나와 있던 벤호 할아버지의 이름은 '대호', 아빠의 이름은 '왕호'로 벤호 네 가족 또한 '호'자 돌림이었다는 사실! 벤호는 인형처럼 가만히 앉아 있다가 "벤호야" 하는 엄마의 목소리에 슬쩍 왔다가 조용히 제 자리로 돌아가는, 텐션이 일정하게 낮은 아이다.

엄마 바라기이지만, 댕댕거리거나 들이대지 않고 그저 바라보기만 한다. 아침에 일어나면 엄마를 따라 나와 배를 보이며 만져 달라고 하는 딱 그 정도일 뿐이다. 매일 먹는 피부 알러지 약도, 엄마가 한 손으로 입을 벌리고 다른 한 손으로 알약을 입 속으로 밀어 넣으면 아무 저항도 없이 그대로 슥 삼키는 강아지다.

코코는 알약은 삼킬 줄 몰라, 어린 아이들 가루약을 물에 타 입 속으로 쭉 짜 넣듯 한참을 실랑이를 해야 겨우 먹일 수 있는 데, 이처럼 점잖고 의젓한 강아지라니 너무 신기했다. 한번 짖는

BENHD
SHIBA INU
8 YEARS OLD

I LIKE TO BE ALONE
I ENJOY SOLITUDE
IM GOOD BY MYSELF

적이 없을 정도로 너무 순해서 엄마 회사 직원들은 벤호가 성대 수술을 받아 짖을 수 없는 줄 알았다고 한다.

벤호는 조용하고 순한 아이다. 벤호는 움직임 또한 거의 없어 얼핏 보면 '강아지 인형' 같다. 이 인형같이 조용하고 착한 강아지 벤호에게는 정말 놀라운 점이 있다. 바로, '고독을 즐길 줄 아는 강아지'라는 것이다.

물론 강아지들도 저마다의 성격과 성향이 다르고, 우리 코코처럼 독립적인 성향의 아이들도 있지만, 벤호처럼 '혼자'일 때 편안함을 느끼는 아이는 처음 만나본다. 독립적이다 못해 고독을 즐길 줄 알기 때문에 벤호를 집에 혼자 두고 가족의 2박 3일 여행도 가능하다. 혼자 있을 때 CCTV 속의 벤호를 보면, 곳곳에 둔 배변패드에 배변을 하고 곳곳에 둔 밥을 찾아 적당한 양의 밥과 물을 챙겨 먹으며, 가만히 누워 있다가도 인형을 물고 논다.

혼자라서 외롭고 두려워하기보다는 오히려 혼자만의 시간을 즐기는 모습의 벤호. TV 예능 프로그램 〈나 혼자 산다〉에서 '기안84'가 홀로 오토바이 여행을 하며 고독함을 제대로 즐기는 모습을 본 적이 있는데, 벤호의 이야기에서 그 모습이 오버랩되었다.

고양이도 아니고, 이렇게 혼자만의 시간을 즐기는 강아지라니! 참으로 신기하고 대견하다.

I like to be alone

solitude

I'm good

enjoy

by myself

동글이

미운 오리 새끼?
세상에서 제일 예쁜 할배 강아지!

말티즈

엄마의 첫 반려견은 '꼬마'라는 이름의 말티즈.

너무 곱고 예쁜 공주님 같았던 아이로, 강아지의 입양에 대한 인식이 지금과는 한참 달랐던 2000년대 초반, '예쁜 말티즈 분양 전문'으로 유명한 압구정 로데오의 한 펫숍에서 꼬마를 데려왔다. 당시 일이 너무 바빴던 엄마는 많은 시간을 혼자 보내는 꼬마가 안타까워, 꼬마를 위해 한 마리의 강아지를 더 입양하기로 한다. 그때 온 아이가 바로 '동글이'다.

동글이는 비싼 값을 주고 데려온 꼬마와는 다르게 외할머니의 이웃집에서 태어난 아이를 데려온 건데, 깨지는 물건을 주고 데려 와야 액땜을 막는다는 미신이 있어 그 값으로 접시를 주고 데려 왔다.

그렇게 데려온 동글이는 짖는 것은 물론 식분증까지 있어 여러 가지로 가족의 골치를 아프게 만들었다. 때문에 많은 사랑을 받지 못하고 있었는데, 엎친 데 덮친 격으로 사람 동생 '윤우'가 태어나 며 2층으로 격리가 된다.

DONG-GEUL-E
MALIESE

UGLY DUCKLING? NOPE!
THE PRETTIEST GRANDPA
PUPPY IN THE WORLD

그 당시에는 강아지와 아기는 같이 키우면 안 된다는 여러 낭설과 괴담이 많았던 시기였기 때문이다. 윤우가 신생아 시절을 벗어나면서 동글이는 비로소 가족과 함께 생활하게 되는데, 동생 윤우는 앞뒤 가리지 않고 '미운 오리 새끼' 같았던 동글이에게 애정을 쏟는다. 그렇게 동글이는 세상에 태어나 처음으로 동생 윤우로부터 '사랑'이라는 걸 받게 된다.

엄마는 많은 사랑을 주었던 꼬마보다, 애정보다는 애증어린 존재였던 동글이가 사무치게 더 그립다고 한다. 동글이는 처음부터 꼬마를 위해 집에 데려온 아이였다. 예쁜 미모를 자랑하던 꼬마와는 다르게 생김새도 못났었고 윤우가 태어나며 2층으로 격리가 되었던, 늘 '미운 오리 새끼' 같은 처지였지만 아기 윤우를 만나 비로소 충만한 '사랑'을 받게 되며, 어쩌면 '할아버지 강아지'로는 세상에서 제일 예쁨 받다가 떠난 행복한 강아지일 것이다.

개라는 존재는 사람에게 늘 애정과 관심을 갈구하는 존재인 것 같다. 자신의 문제적 행동으로 인해 사람의 관심과 애정을 받지 못해서였는지 항상 짖고 살갑지 못했던 동글이가 동생 윤우의 애정과 사랑을 충만하게 받으면서부터 순하고 얌전해졌으니 말이다.

Ugly duckling Mopp
the Pettiest Grand
puppy in the world

멍명사전

초판 1쇄 발행 | 2023년 12월 14일

지은이 지모 한희경
발행인 한명선
기획·편집 이은

주소 서울시 종로구 평창길 329(우편번호 03003)
문의전화 02-394-1037(편집) 02-394-1047(마케팅)
팩스 02-394-1029
전자우편 saeum2go@hanmail.net
블로그 blog.naver.com/saeumpub
페이스북 facebook.com/saeumbooks
인스타그램 instagram.com/saeumbooks

발행처 (주)새움출판사
출판등록 1998년 8월 28일(제10-1633호)

ⓒ 지모 한희경, 2023
ISBN 979-11-7080-036-1 03810

• 잘못된 책은 바꾸어 드립니다.
• 책값은 뒤표지에 있습니다.

 은 새움출판사의 에세이 브랜드입니다.

KAI-
TOY PUDDLE
3 YEARS OLD

SUCH AN ATTRACTIVE
FIGURED BOY WHO GOES
TO OFFICE TO MEET SECTION
CHIEF MISS LEE

YOUFU
MIX BREED
8 YEARS OLD

TAKING A WALK IS THE
WORST THING. BECAUSE
I'M A HOMEBODY.

MV
ITALIAN GREYHOUND
8 YEARS OLD
I'M MORE THAN JUST
A PET. THAT SHARED
FAMILY HISTORY

CHOCO
TOY PUDDLE
5 YEARS OLD

I ALWAYS STICK MOM'S
BODY AND INTERACT
WITH HER JUST LIKE NAVI

JOY
PUDDLE
16 MONTHS OLD

I AM AN ENERGIZER
THAT NEVER GETS TIRED
BECAUSE I'M A CAPITAL
E TYPE

JOSEPH
BICHON FRISE
5 YEARS OLD

WHEN I MEET SOMEONE
FOR THE FIRST TIME,
THAT PERSON BECOMES
MY IDEL TYPE

UGLY DUCKLING? NOPE!
THE PRETTIEST GRANDPA
PUPPY IN THE WORLD

DONG-GEUL-E

MALIESE

BUTTER
SHIBA INU
11 YEARS OLD

I AM THE ONE WHO
MADE MOMMY GROW

ÉTOILE
JACK RUSSEL TERRIER

MOMMY, CAN'T TAKE
EYES OFF YOU.
I ONLY HAVE EYES
FOR YOU

TOFU
ITALIAN GREYHOUND
11 YEARS OLD

BENHO
SHIBA INU
8 YEARS OLD

I LIKE TO BE ALONE
I ENJOY SOLITUDE
I'M GOOD BY MYSELF

15 YEARS OLD
I'M THE OLDEST DOG
THAT LIVES IN
NEVERLAND LIKE PETERPAN

JIJI
TOY PUDDLE
2 AND A HALF YEARS OLD
I'M A PROFFESIANL TRAVEL
DOG I HAVE MORE THAN
12 FLIGHT EXPERIENCES

CAN I PLEASE HAVE
SOME SNACKS?
SNACKS ARE THE
BEST THING EVER

DOONY.
COTON DE TULER
4 YEARS OLD

ROSÉ
SPITZ MIX
ABOUT 5 YEARS OLD

I BECAME A HAPPY DAUGHTER
FROM AN ABANDONDED
DOG. I'M THE HAPPIEST DOG

DODCHIC
MINIATURE
SCHNAUZER
8 YEARS OLD
I AM A PROFESIONAL
OFFICE DOG
I GO TO WORK EVERYDAY

KAI
TOY PUDDLE
3 YEARS OLD

SUCH AN ATTRACTIVE
FIGURED BOY WHO GOES
TO OFFICE TO MEET SECTION
CHIEF MISS LEE

YOUFU
MIX BREED
8 YEARS OLD

TAKING A WALK IS THE
WORST THING. BECAUSE
I'M A HOMEBODY.

MV
ITALIAN GREYHOUND
8 YEARS OLD
I'M MORE THAN JUST
A PET. THAT SHARED
FAMILY HISTORY

CHOCO
TOY PUDDLE
5 YEARS OLD

I ALWAYS STICK MOMS
BODY AND INTERACT
WITH HER JUST LIKE NAVI

JOY
PUDDLE
16 MONTHS OLD

I AM AN ENERGIZER
THAT NEVER GETS TIRED
BECAUSE I'M A CAPITAL
E TYPE

JOSEPH
BICHON FRISE
5 YEARS OLD

WHEN I MEET SOMEONE
FOR THE FIRST TIME,
THAT PERSON BECOMES
MY IDEL TYPE

UGLY DUCKLING? NOPE!
THE PRETTIEST GRANDPA
PUPPY IN THE WORLD

DONG-GEUL-E

MALTESE

BUTTER
SHIBA INU
7 YEARS OLD

I AM THE ONE WHO
MADE MOMMY GROW

MOMMY, CAN'T TAKE
EYES OFF YOU.
I ONLY HAVE EYES
FOR YOU

TOFU
ITALIAN GREYHOUND
11 YEARS OLD

ÉTOILE
JACK RUSSEL TERRIER

15 YEARS OLD
I'M THE OLDEST DOG
THAT LIVES IN
NEVERLAND LIKE PETER PAN

JIJI
TOY PUDDLE
2 AND A HALF YEARS OLD
I'M A PROFFESIONAL TRAVEL
DOG. I HAVE MORE THAN
12 FLIGHT EXPERIENCES.

BENHO
SHIBA INU
8 YEARS OLD

I LIKE TO BE ALONE
I ENJOY SOLITUDE
I'M GOOD BY MYSELF

ROSÉ
SPITZ MIX
ABOUT 8 YEARS OLD

- I BECAME A HAPPY DAUGHTER
FROM AN ABANDONDED
DOG. I'M THE HAPPIEST DOG

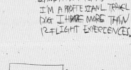

DOOCHIC
MINIATURE
SCHNAUZER
8 YEARS OLD
I AM A PROFESSIONAL
OFFICE DOG.
I GO TO WORK EVERY DAY

CAN I PLEASE HAVE
SOME SNACKS?
SNACKS ARE THE
BEST THING EVER

DOONY.
COTON DE TULER
4 YEARS OLD